HINGESCHAUT *und*
AUFGESCHRIEBEN

HINGSCHAUT *und* AUFGESCHRIEBEN

Anthologie

Bibliografische Information der Deutschen Nationalbibliothek: Die Deutsche Nationalbibliothek verzeichnet diese Publikation in der Deutschen Nationalbibliografie; detaillierte bibliografische Daten sind im Internet über dnb.dnb.de abrufbar

© 2024 Herausgeber: Marita Wetzstein,
Leiterin der Schreibwerkstatt im
Kiezklub Rahnsdorf
Alle Rechte liegen bei den Autoren.
Layout: Klaus Dornath

Verlag: BoD · Books on Demand GmbH, In de Tarpen 42, 22848 Norderstedt

Druck: Libri Plureos GmbH, Friedensallee 273, 22763 Hamburg

ISBN: 978-3-7597-9235-8

Inhalt

II

Hingeschaut und aufgeschrieben

Marita Wetzstein

Was macht man, wenn man den Kopf voller Ideen hat, die eigenes Erleben betreffen, die an die Kindheit erinnern oder an Ereignisse, von denen man gehört oder gelesen hat, oder die man sich ausgedacht hat – man schreibt das alles auf. So ist es auch bei uns in der Schreibwerkstatt im Kiezklub Rahnsdorf. Seit über 20 Jahren sind wir zusammen, natürlich mit wechselnden Mitgliedern, weil einige aus Altersgründen ausgeschieden sind, andere weilen leider nicht mehr unter uns.

Dieses Buch versammelt Geschichten und Gedichte, die in den letzten Jahren entstanden sind und in der Schreibwerkstatt besprochen wurden. Eine Vielzahl unterschiedlicher Themen haben die Autoren angeregt eigenem Erleben oder ihrer Fantasie Gestalt zu geben. Manchmal hat sie eine Meldung aus der Zeitung zu einer Geschichte inspiriert. Oder sie erzählen unterhaltsam von eigenen Erlebnissen, spüren den Schicksalen anderer Menschen nach oder machen aus einer Mücke einen Elefanten, wenn sie ihrer Fantasie freien Lauf lassen. Aber immer haben sie genau hingeschaut und hingehört, die Idee für eine Geschichte oft lange im Kopf gehabt, ehe sie so weit war, dass sie in der Schreibwerkstatt vorgestellt werden konnte.

Diese Geschichten berichten auch davon, was den Autor interessiert, was ihn anspricht, was ihm am Herzen liegt, worüber er lachen muss oder was sein Blut möglicherweise in Wallung bringt. Es geht häufig um Dinge des täglichen Lebens mit seinen Widrigkeiten und Glücksmomenten. Aber auch Ereignisse wie das Beethoven-Jahr hat manch einen inspiriert zu überlegen, wie könnte es damals gewesen sein.

Die Geschichten wurden zuhause geschrieben und anschließend bei unserem Treffen besprochen. So entwickelt sich oft ein angeregter Austausch. Sowohl Lob als auch Kritik werden geübt, wobei eine Kritik immer nur der Sache gilt. Diese produktive Zusammenarbeit, von der alle profitieren, ist das Anliegen unseres Treffs.

Die in diesem Buch versammelten Kurzgeschichten und Gedichte haben wir ausgesucht mit dem Wunsch, dem Leser ein wenig Abwechslung und Freude zu bereiten.

Zu danken ist an dieser Stelle dem Förderverein e.V. im Kiezklub Rahnsdorf, der den Druck des Buches finanziell unterstützt hat; und auch dem Bezirksamt Köpenick, das es uns ermöglicht, einmal im Monat in den Räumen des Kiezklubs zusammen zu kommen.

Ein Missverständnis

Christine Buchallik

Wir waren gerade von einer schönen Ferienreise aus Polen zurückgekommen und durch unsere Köpfe schwirrten immer noch die Bilder der fantastischen Bergwelt der Hohen Tatra. Besonders aber waren es die Eindrücke aus der mittelalterlichen Stadt Krakow, die wir in den letzten Tagen unserer Ferien erkunden konnten.

In diese Gedankenwelt hinein klingelte das Telefon und eine Stimme erklärte: „Sie werden aus Krakow verlangt, bitte warten Sie!" Ganz überrascht dachte ich: Ein Gespräch aus Krakau? Wer will uns sprechen? Wie wird die Verbindung, die Verständigung sein? Werde ich den Anrufer in seiner Sprache verstehen? Mit unseren polnischen Freunden verständigten wir uns in einem deutsch-polnisch-russischen Kauderwelsch und ein wenig englisch – aber wie am Telefon? Das schoss mir in Sekundenschnelle durch den Kopf und ich rief laut durch die Wohnung: „Ruhe! Ein Gespräch aus Kraków!!"

Während der langen Zeit des Wartens - schließlich ist Kraków, zu dem die Deutschen Krakau sagen, nicht nebenan und Telefonverbindungen dauerten damals, das war 1987, immer lange – wanderten meine Gedanken durch die herrlichen Renaissancehöfe am Rynek, die ebenso schönen Anlagen des Collegium Maius, zum Veit-Stoß-Altar in der Marienkirche und und . . . Endlich tat sich im Hörer etwas und auf das Höchste erstaunt hörte ich: „Eenn Ognblick noch, ick vabinde!" Ich stutzte, so ein Tonfall in einer internationalen Verbindung? Verwundert und verunsichert wartete ich gespannt, was nun kommen würde. In ganz gewöhnlichem Umgangsdeutsch ertönte schließlich ein „Hallo? Guten Tag! Ich möchte 35000 Kalksteine bestellen. Wann können Sie liefern? Es eilt!"

Ich war völlig verwirrt. „Wie bitte? Was wünschen Sie? Von wo rufen sie denn an und mit wem spreche ich überhaupt?"

Der Anrufer konnte meine Aufregung und Verwirrung natürlich nicht verstehen und betonte noch einmal sein Anliegen. Diese Bestellung kam von einem Betrieb aus Mecklenburg, aus Krakow, aus Krakow am See! Ich war wie vom Blitz getroffen, nicht aus dem fernen Polen, sondern fast aus der Nachbarschaft kam der Anruf, der mich – obwohl das „Ick vabinde!", schon stutzig gemacht hatte - mit endlos langer Wartezeit in Atem gehalten hatte! Sollte ich nun lachen oder weinen? Jedenfalls fiel alle Spannung von mir und der Familie, die mitgefiebert hatte, ab. Als wenige Tage später ein Betrieb seine Essenbestellung bei uns aufgeben wollte, nahm ich das mit Gelassenheit. Aus unerklärlichen Gründen besaßen wir gleiche Telefonnummern!

Die Ursache des Missverständnisses habe ich nie erfahren. Aber die Aufregung über die Verwechslung des polnische Kraków mit dem mecklenburgische Krakow werde ich nicht vergessen!

Eine seltsame Bitte

Klaus Dornath

Es ist schon eine Weile her. Wie leider viel zu oft, stand das Taxi am Wartestand. Seit gut zwanzig Minuten überlegte ich, woanders hinzufahren. Aber auch an einem anderen Stand konnte es eine Geduldsprobe sein. Nach der letzten Preiserhöhung waren die Gäste rar. Man durfte die Zuversicht nicht verlieren. Irgendwann würden sich die Kunden an die höheren Preise gewöhnen. Dann wäre alles wieder beim Alten, fast jedenfalls.

Als ich eben den Zündschlüssel drehen wollte, stieg ein junges Paar ein. Er setzte sich rechts, sie links hin. Sie fielen übereinander her und küssten sich mit einem innigen Zungenkuss. Der wollte nicht enden. Amüsiert schaute ich den beiden über den Innenspiegel zu. Sie hatten die Augen geschlossen und die übrige Welt ausgesperrt.

Das Schauspiel war ganz nett. Nur leider entsprach es nicht dem eigentlichen Sinn eines Taxis. Die paar Sechser für das Einstiegsgeld machten mich nicht reich. Als ich genug gesehen hatte, räusperte ich mich. Ich musste es mehrmals wiederholen, denn das Paar hatte seine Umgebung vollständig vergessen. Irgendwann schlug das Mädchen die Augen auf. Sie erkannte, wo sie sich befand und wurde rot.

„Haben sie sonst noch ein Ziel?", fragte ich.

„J… ja", stotterte sie. „Können sie auch vier Leute mitnehmen?"

„Klar, hinten passen drei rein und neben mir einer."

Sie schaute nervös auf die Armbanduhr: „Oh weh, es ist schon so spät. Ich hoffe wir schaffen es noch, die beiden abzuholen und rechtzeitig zum Termin zu erscheinen."

„Wenn ich wüsste, wohin ich fahren muss, könnte ich es ihnen sagen."

Der Junge schaltete sich ein: „Am besten, sie fahren als erstes zur Jakobstraße sechzehn. Wenn wir meinen Freund aufgelesen haben, geht es weiter. Machen sie bitte schnell."

Solche Fahrgäste sind mir die liebsten, dachte ich. Erst ewig herumknutschen und dann keine Zeit, keine Zeit. Aber es gehört zur Berufsehre die Wünsche zu erfüllen, selbstverständlich im Rahmen der erlaubten Geschwindigkeit.

Als wir in der Jakobstraße ankamen, stand der dritte Gast schon am Bordstein.

„Wo bleibt ihr denn so lange?", fragte er vorwurfsvoll. Meine ersten Gäste schwiegen betreten.

„Und weiter? Wohin jetzt?"

„Jetzt müssen wir in die Schnellerstraße sieben.", sagte das Mädchen. „Meine Freundin wird schon warten. Machen sie schnell, wir haben nur noch eine halbe Stunde."

Als ich vor der Tür hielt, stand niemand dort. Das Mädchen sprang aus dem Wagen, hastete zur Haustür und betätigte die Klingel. Niemand hörte. Hilflos schaute sie zum Auto.

Ihr Freund rief: „Versuch es nochmal, vielleicht hat sie es nicht gehört!"

Sie drückte den Knopf zu einem Dauerklingeln. Es tat sich nichts.

„Bleib da, ich rufe sie an.", rief ihr Partner aus dem Wagen. Er ließ es klingeln. Nervös trat seine Freundin von einem Bein auf das andere.

„Sie hört nicht.", rief er aus dem Wagen. „Vielleicht ist sie schon vorgefahren. Komm rein, wir müssen weiter!"

„Wohin jetzt?", fragte ich.

„Zum Rathaus Köpenick.", war die Antwort im Chor.

Während der Fahrt sah ich sie auffällig unauffällig miteinander flüstern. Verstohlen schielten sie zu mir. Das wurde langsam spannend. Irgendwann waren sie sich einig, nickten gleichzeitig.

Der Junge räusperte sich: „E… hm, wir müssen sie mal was fragen!"

„Ja, was gibt es denn?"

Er wies auf seine Geliebte: „Also, es ist so, vielleicht ist ihre Freundin nicht im Rathaus. Offenbar ist sie jedenfalls nicht zu Hause gewesen. Wenn sie auch nicht im Rathaus ist, haben wir ein Problem."

„OK und was hat das mit mir zu tun?", fragte ich ahnungslos.

„Ohne die Freundin geht es nicht."

„Und?", mir schwante nichts Gutes.

„Was machen wir, wenn sie nicht im Rathaus ist?", fragte der dritte Gast.

„Dann müssen sie ihren Termin absagen.", schlussfolgerte ich messerscharf.

„Aber das geht nicht, wir haben den Termin nur heute!", jammerte das Mädchen.

„Rufen sie doch irgendjemand anderes an.", schlug ich vor.

„Das geht auch nicht, es darf niemand wissen.", sagte der Junge.

„Dann haben sie wirklich Pech. Ich kann da nicht helfen."

„Wir dachten, … also haben sie vielleicht eine halbe Stunde Zeit?", mischte sich der dritte Gast ein.

„Ich wüsste nicht wozu. Ich fahre sie zum Rathaus und danach fahre ich weiter."

„Es ist ja nur für den Fall, dass meine Freundin nicht da ist. Ach bitte, bitte, tun sie uns den Gefallen. Sie bekommen auch ein schönes Trinkgeld.", bettelte das Mädchen.

Ich überlegte eine Weile. Von hinten starrten mich die drei an, wahrscheinlich, um mich zu hypnotisieren. Wir kamen am Rathaus an.

„Was ist jetzt? Kommen sie doch wenigstens mit hoch. Vielleicht brauchen wir sie gar nicht."

Ich dachte: na schön, ob ich sinnlos am Taxistand stehe oder mit nach oben gehe, ist kein großer Unterschied. Außerdem war ich neugierig, wie die Geschichte ausgehen würde.

„Aber wenn ihre Freundin da ist, bin ich gleich wieder weg!"

Gemeinsam stiegen wir die Treppen hoch. Die Freundin war tatsächlich nicht anwesend. Aber was sollte ich hier? Die Tür ging auf und ein Beamter empfing uns drängelnd. Er schaute auf die Uhr und meinte, es würde aber auch Zeit. Ich sah meine Fahrgäste fragend an.

Das Mädchen bettelte wieder: „Bitte, bitte, kommen sie mit rein. Wir brauchen sie als zweiten Zeugen."

Was? Was für ein Zeuge? Wollten die etwa heiraten? Ich sollte die Zeugung betrauen, Quatsch, die Trauung bezeugen, dachte ich völlig durcheinander: „Aber, aber, ich kenne sie doch gar nicht!", stotterte ich.

„Was ist denn jetzt?", drängelte der Beamte: „Wollen sie heiraten, oder nicht?"

Die drei zogen mich in den Trauungsraum.

Die Rede habe ich nicht im Gedächtnis behalten. Ich dachte nur, hoffentlich ist das erlaubt. Dann kam die Unterschrift der Trauzeugen. Mit flauem Magen kramte ich meinen Ausweis hervor.

„Herzlichen Glückwunsch!", brachte ich noch zustande. Dann saß ich wieder in meinem Taxi und hatte meiner Frau am Abend etwas zu erzählen.

Rumpelstilzchen 2021

Antje Schirrmeister

Es war einmal vor nicht allzu langer Zeit. Ein junger Mann träumte davon über Nacht reich zu werden. So ein herrlicher Traum, wenn er nur wahr würde. Es wäre ein Märchen, sein Märchen. Er wartete sieben Tage. Es ereignete sich nichts. Wo blieb die junge hübsche Frau, die über Nacht sein Geschäft für allerlei hilfreiche Produkte, um Keime zu bannen und die Gesundheit zu erhalten, schnell auf goldene Füße stellen würde.

Hatte nicht sein Schwager von einer entfernten Verwandten auf dem Dorf erzählt, die über alle Maßen geschickt sein solle und reine Wunder vollbracht habe? Bringt der Schwager sie zusammen, sein Schaden solle es nicht sein.

Nach sieben Tagen saß sie ihm gegenüber in seinem Laborraum. Ein Paar Mandelaugen strahlten im Schein der Laborlampen. Als ihre Blicke seine Augen trafen, zog er seine Mundwinkel hoch und die Nervosität wich aus dem Raum. Sie ist noch dazu hübsch. Weniger schroff und hart als vorgehabt, begann er zu reden.

„Jetzt mach dich an die Arbeit und wenn du diese Nacht bis morgen früh aus diesen Materialien nicht etwas hergestellt hast, das viel Gold abwirft, ja, dann hast du meine Prüfung nicht bestanden. Dann musst du zurück in dein Dorf. Doch damit nicht genug, dein Ruf wird in den sozialen Medien ruiniert sein und du wirst einsam und verachtet sterben. Kein anderer wird dir etwas zutrauen und an eine Zukunft mit dir denken."

Aber ihre Augen trafen sich noch einmal und sprachen ohne Worte. Darauf schloss er das Labor selbst zu und sie blieb allein. Da saß nun die aufgeweckte junge Frau, was war ihr soeben widerfahren, sie wusste um ihr Leben keinen Rat. Sie hatte Wunder an schönen und nützlichen Dingen im Dorf erschaffen. Aber sie verstand gar nichts davon, wie man diese Materialien „vergolden" könnte, und ihre Angst ward immer größer, so dass sie endlich zu weinen anfing. Da ging auf einmal die Türe auf und ein kleines Männchen trat herein. Es sprach: "Guten Abend, Jungfer aus dem Dorf, warum weint sie so sehr?"

"Ach", antwortete sie, "ich soll aus diesen Materialien etwas herstellen, das viel Gold einbringt, und verstehe das nicht." Sprach das Männchen, "was gibst du mir, wenn ich dir's hinbekomme bis morgen?"

"Ich habe nichts."

„Doch, gib mir deinen gesunden Menschenverstand." Sie zögerte, sah die Augen des Jünglings. Es schien, als zwinkere er ihr zu. Schweren Herzens willigte sie ein. Das Männchen erklärte ihr, wo sie ab morgen die Anweisungen lesen kann, die ihr weiterhelfen würden. Dann setzte es sich vor die Apparate, und chr, chr, chr, dreimal gerührt, war eine Schüssel mit Seifenmasse fertig. Dann füllte es die Masse in Formen, trocknete und verpackte sie und so ging es fort bis zum Morgen, da war alles zu Seifen verarbeitet, Berge von Seifen.

Bei Sonnenaufgang kam der junge Mann und als er die Seifenberge erblickte, erstaunte er und fragte sie, was das solle, wo das Gold vergraben sei. Sie hatte in der Anweisung gelesen, dass er diese speziellen, vor Keimen schützenden Seifen auf den Markt bringen und damit den Käufern die Angst vor Ansteckung nehmen könnte.

Der junge Mann tat das und bis zum Abend waren so unglaublich viele verkauft und noch mehr bestellt. Die ganzen Berge Seifen würden bald zu Gold geworden sein, denn ein böser Keim verbreitete sich in Windeseile im Land.

Er freute sich und lächelte die Jungfer an. Aber es war ihm nicht genug und sein Herz ward nur noch geld- bzw. goldgieriger ob des Erfolges. Er ließ sie in ein anderes Labor bringen, das noch viel größer war, und dankte ihr, sein Blick traf wieder ihr Herz. Dann riss sich sein Blick los. Er befahl ihr, das gleiche Märchen auch in dieser Nacht wahr werden zu lassen, wenn sie es für ihn tun wolle und ihr bisheriges Leben und ihr Ruf das wert wären. Sie wollte es gern, wusste sich nicht zu helfen und weinte. Da ging abermals die Türe auf, und das kleine Männchen erschien und sprach: "Was gibst du mir, wenn ich dir's hinbekomme bis morgen?"

"Ich habe nichts."

„Doch, gib mir dein Mitgefühl und dein Einfühlungsvermögen." Sie willigte ein. Das Männchen erklärte ihr, wo sie morgen die Anweisungen lesen kann, die ihr weiterhelfen würden.

Dann setzte es sich vor die Apparate, und trip, trip, trip, dann dreimal geschüttelt, war eine Flasche mit Desinfektionsmittel gemischt. Es füllte das Mittel in kleinere Fläschchen, verpackte sie und so ging es fort bis zum Morgen, da war alles zu Desinfektionsflüssigkeit verarbeitet, Berge von Flaschen.

Der junge Mann freute sich über die Maßen bei diesem Anblick, brachte sofort die Fläschchen auf den Markt und bis zum Abend waren so unglaublich viele verkauft und noch mehr bestellt. Die ganzen Berge von Flaschen würden bald zu Gold geworden sein, denn der böse Keim verbreitete sich in Windeseile im Land.

Der junge Mann schwankte kurz, ob er die Mandelaugen noch einmal betrüben sollte. Er war aber noch immer nicht des Goldes satt, sondern ließ die Jungfer in ein noch größeres Labor bringen und sprach:

"Bitte, nur diese Materialien musst du noch in dieser Nacht verarbeiten. Gelingt dir's aber, so sollst du teilhaben an dem Gewinn und meine Gemahlin werden. Wenn's auch nur eine vom Dorf ist, dachte er, eine reichere begabtere Frau finde ich in der ganzen Welt nicht.

Als sie allein war, kam das Männlein zum dritten Mal und sprach: "Was gibst du mir heute?"

"Ich habe nichts mehr, was ich dir geben könnte", antwortete sie. "So versprich mir, wenn du verheiratet bist, dein erstes Kind."

Sie zuckte nur leicht zusammen, denn ihr fehlten ja inzwischen einige Gefühle und Gedanken. Ach, wer weiß, wie das überhaupt ausgeht, dachte sie und wusste sich auch in ihrer Not nicht anders zu helfen. Sie versprach also dem Männchen, was es verlangte, und das Männchen nähte auf der Nähmaschine, und zickzack, zickzack, zickzack, dann den Gummi angebracht, war eine Atemmaske fertig. Es verpackte sie und so ging es fort bis zum Morgen, da war alles zu Masken verarbeitet, Berge von Masken.

Und als früh am Morgen der junge Mann kam und alles fand, wie er es gewünscht hatte, so strahlte er sie an und die Mandelaugen leuchteten zurück. Er hielt um ihre Hand an und eine prächtige Hochzeit konnte gefeiert werden. Gold war genug verdient und die schöne Jungfer ward seine Frau.

Über ein Jahr brachte sie ein schönes Kind zur Welt und dachte gar nicht mehr an das Männchen. Da trat es plötzlich in das Kinderzimmer und sprach. "Nun gib mir, was du versprochen hast."

Nein, diesen Preis wollte sie nicht zahlen, das Herz einer liebenden Mutter schlug in ihr. Sie erschrak und bot dem Männchen alle Reichtümer, Gold und Geld, wenn es ihr nur das Kind lassen wollte. Aber das Männchen sprach: "Nein, etwas Lebendes ist mir lieber als alle Schätze der Welt."

Obwohl ihr so viel Menschlichkeit fehlte, riet ihr Herz zum Kämpfen und Handeln. Sie fing an zu jammern und zu weinen, dass das Männchen, das so viel Mitgefühl von ihr bekommen hatte, Mitleid mit ihr zu empfinden.

"Drei Tage will ich dir Zeit lassen", sprach es. "Wenn du bis dahin meinen Namen weißt, so sollst du dein Kind behalten."

Nun besann sie sich die ganze Nacht auf alle Namen, die sie jemals gehört hatte. Als am anderen Tag das Männchen kam, fing sie an mit Karl, Christian, August, Bernhard und sagte alle Namen, die sie wusste, nach der Reihe auf, aber bei jedem sprach das Männlein: "So heiß ich nicht!" Den zweiten Tag ließ sie in der Nachbarschaft herumfragen und suchte in der ganzen weiten Welt nach Namen. So nannte sie die ungewöhnlichsten und seltsamsten Namen: "Heißt du vielleicht Hammer oder Amboss oder Steigbügelchen?" Aber es antwortete immer: "So heiß ich nicht!"

Den dritten Tag konnte sie keinen einzigen neuen Namen finden. Aber als sie einen Videofilm unter zig tausenden auf ihrer Internetsuche wegstreichen wollte, erkannte sie die Umrisse eines gar zu lächerlichen Männchens. Es hüpfte auf einem Bein um ein Feuer und schrie:

"Heute back ich,
Morgen brau ich,
Übermorgen hol ich ihr Kind;
Ach, wie gut, dass niemand weiß,
Dass ich Rumpelstilzchen heiß!"
Da könnt Ihr Euch denken, wie froh sie war. Als bald hernach das Männlein hereintrat und fragte: "Nun, wie heiß ich?" Fragte sie erst: "Heißest du Hinz?" - "Nein." - "Heißest du Kunz?" - "Nein." - "Heißt du etwa Rumpelstilzchen?"

"Das hat dir der Teufel Internet gesagt, das hat dir der Teufel Internet gesagt", schrie das Männlein und stieß mit dem rechten Fuß vor Zorn so tief in die Erde, dass es bis an den Leib hineinfuhr, dann packte es in seiner Wut den linken Fuß mit beiden Händen und riss sich selbst mitten entzwei.

Und wenn die Frau und ihr Mann nicht gestorben sind, so leben sie noch lange glücklich und zufrieden, denn der böse Keim war von Stund an gebannt und die über alle Maßen geschickte Frau hatte ihren gesunden Menschenverstand, ihr Mitgefühl und ihr Einfühlungsvermögen zurück.

Erinnerst du dich noch?

Elke Dornath

„Da ist wieder einer!" Mein Mann deutete auf den kleinen grauen Vogel, der sich mit einem Grashalm im Schnabel auf das Dach unserer Hollywoodschaukel gesetzt hatte. Während ich im Krankenhaus lag, erzählte mir mein Mann von diesen Besuchern.

„Da kommt der nächste!" Heute war Großflugtag

Emsig flogen die Vögel über unsere Köpfe. Der Körperbau war zierlich und fein, kleiner als bei Spatzen, die Federn bis auf den rötlichen Schwanz mausgrau. Ich informierte mich. Es waren Hausrotschwänze, die bei uns Einzug gehalten hatten. Sie wischten an uns vorbei, immer mit dem gleichen Ziel: dem Efeu an unserem Schuppen.

Eines Tages verstanden wir, warum. Auf der Terrasse lag ein winziges Etwas. Die Augen geschlossen von einer bläulichen Hautfalte, vollkommen hilflos. Federn hatte es nicht. Es zuckte noch. Was passiert war, konnten wir nur raten. Sicher war das der vorwitzigste der Nestlinge. Seine Neugier bezahlte er mit dem Leben. Wo kam er her? Wir blickten uns um. Endlich fanden wir das Nest. Wohl geformt als kleine Kugel hing es im Efeu. Die anderen Jungen sahen wir nicht. Von unten fehlte der Einblick. Hilflos schimpfend umschwirrten uns die Eltern. Auf Zehenspitzen schlichen wir in unser Haus. Der kleine Vogel tat uns leid. Ihm war nicht zu helfen. Sollten wir ihn wieder zurück ins Nest befördern? Womöglich hätten die Eltern angstvoll den übrigen Nachwuchs verlassen.

Der Flugverkehr blieb rege. Alle zwei Minuten kamen Papa oder Mama mit einem Würmchen im Schnabel. Sie flogen im Zickzack, um den Neststandort nicht zu verraten. Als Zwischenlandeplatz saß einer mal auf der Stuhllehne, mal direkt auf dem Tisch. Von dort aus beobachteten sie uns misstrauisch. Dabei wippten sie ständig mit den roten Schwanzfedern. Sie blieben scheu. Die Annahme erwies sich als falsch, sie würden sich an uns gewöhnen. Wir waren verunsichert. Schließlich wollten wir die Vögelchen nicht vergrämen. Uns waren sie eine Freude, wir für sie Schreckgespenster. Parias im eigenen Haus. Schade!

So verging die Zeit. Eines Morgens trauten wir unseren Augen nicht. Was in der Nacht geschah, würden wir nie erfahren. Aus alter Gewohnheit flogen die Rotschwänze zum Nest. Aber ihre Schnäbel blieben leer, so oft sie auch angeschwirrt kamen. Offensichtlich folgten sie instinktmäßig den gewohnten Pfaden. Wo waren die Jungen? Hatte sie die Katze gefressen oder flogen sie von nun an ihre eigenen Wege?

„Erinnerst du dich noch als unser Sohn auszog?" Meine Gedanken kreisten um das leere Nest.

„An dem Tag war ich nicht zu Hause. Ich war nur froh, dass ich Ralf nichts mehr hinterher räumen musste", erwiderte mein Mann.

Ich hingegen konnte mich noch genau erinnern. Unser Sohn zog in eine kleine Wohnung in der Simon-Dach-Straße. Den ganzen Vormittag hatte Ralf mit einem Freund geräumt. Endlich war das Zimmer leer. Nun saßen sie in einem Mietwagen. Ich stand an der Haustür und hörte ihn lachen. Keinen Blick warf er zurück. Ein Glück, denn mir liefen die Tränen übers Gesicht. Auf einmal fühlte ich mich grenzenlos allein. Ich wies auf die verstörten Vögel. „Auch sie vermissen ihre Jungen!"

Mein Mann sah mich an: „Als Ralf noch bei uns wohnte, war er nie zu Hause. Da änderte sich doch nichts!"

„Sieh die an", und ich wies auf die Vogelmutter. Sie war bedeutend kleiner als ihr Mann und noch unscheinbarer. „Sie legt neue Eier und alles beginnt von vorn. Und wozu? Tag für Tag nur Mühe und Arbeit und zum Schluss ist sie allein."

Mein Mann umfasste tröstend meine Schulter: „Die Kinder kommen doch wieder. Denk an die vielen fröhlichen Stunden, wenn sie uns besuchen!"

„Besuche sind nicht das gleiche. Unsere Familie als Ganzes existierte von da ab nicht mehr. Für uns beide und Ralf begann etwas Neues!"

Weiße Tauben

Anke Voigt

Zwei Tauben fliegen himmelwärts.
Hoffnung heißt eine,
die andere Frieden.
Man sieht sie seit Jahren die Länder durchstreichen.
Wann werden sie endlich ihr Ziel erreichen?
„Wir werden den Ölzweig schon finden", sagt Frieden
und Hoffnung blutet das Taubenherz.

Der Sittenwächter vom Karu -Fluss

Jan B. Prinz

„Ach, so ein Mist…! Jetzt hat er mich doch erwischt. Zwar hat er schon zwei-dreimal in meine Richtung geschaut, und doch schien er sich die ganze Zeit unbeobachtet zu fühlen. Völlig unvermittelt, dreht er sich um und blickt genau in die Linse meiner Kamera. Dann zieht er seine Schuhe an, richtet sein Haar, steht auf und kommt gemessenen Schrittes den kleinen Hügel herauf direkt auf mich zu. Zwischen Schuld- und Schamgefühl nehme ich, wie ein beim Schummeln ertappter Schüler, die Kamera herunter und stecke sie so gelassen wie möglich in die Seitentasche meines Rucksacks. Und während sich der Mann langsam nähert, suche ich noch hastig nach einer halbwegs plausiblen Ausrede und senke den Kopf. Als der 1,80-m-Mann mit breit gestellten Beinen und verschränkten Armen vor mir steht, entschuldige ich mich einfach und probiere es mit der Wahrheit: „Verzeihen Sie bitte, mein Herr. Aber es war einfach zu verführerisch, Sie auf die Linse zu bannen – Sie mit Ihrer Wasserpfeife vor dem Fluss und dem zum roten Abendhimmel aufsteigenden Rauch.“ „Kein Problem!“, antwortet der Mann, lächelt und nimmt die Arme von der Brust. „Solange Sie keine Polizisten, Frauen oder öffentliche Gebäude fotografieren… Ich heiße Sadie“, stellt sich der junge Mann vor und reicht mir die Hand.

Dann werde ich kurzerhand von ihm eingeladen, mich mit ihm unten am Ufer des Karu, dem größten Fluss des Iran, niederzulassen und mit ihm zu rauchen. Ein paar Schalen mit Oliven und Datteln stehen auf einem Teppich, daneben Nüsse, die mit Kardamom bestreut wurden. Die Aromen vermischen sich mit dem nach Apfel und Limone duftenden Tabak. Sadie stellt mir dann seinen Freund Chorkas vor. Beide schätze ich auf Mitte 20. Sie haben gemeinsam die Schulbank gedrückt und treffen sich, sooft es möglich ist, hier am Fluss. Der eine leistet noch seinen Armeedienst, der andere, gerade fertig geworden, will Literatur und Philosophie studieren.

Rasch entwickelt sich ein Gespräch. Sadie, der Sprachgewandte, wird bald zum Wortführer. Zunächst ist er, lächelnd und gestenreich, sichtlich bemüht, von seinem Heimatland zu berichten und auch das regierende politische System im rechten Licht erscheinen zu lassen. Er scheint für sein Alter ziemlich belesen zu sein und bringt dies beredt zum Ausdruck, wenn er sich über Kunst, Kultur, Sport und Religion äußert. Zwischendurch lässt er - ungefragt und mit lässig-abschätzender Geste – seinen Freund vier, fünf Verse des persischen Dichters Hafiz vortragen. Chorkas Stimme ist hell und klar; kleine Gesten begleiten seine Worte. Ja! Hafiz, die Literatur und das Schöngeistige – das scheint sein Metier zu sein. Ich fühle mich wie in einem Freilufttheater, als von Passanten Beifall kommt und sie Chorka nach dessen Vortrag freundlich zunicken.

Die Sonne ist schon fast hinter der Skyline von Ahwaz am anderen Ufer des Flusses untergegangen, da kommt Sadie auf ein Thema zu sprechen, das bei einer Unterhaltung mit einem Deutschen auf der Hand liegt, ihn aber besonders zu interessieren scheint: Deutschland! Sadie kennt, wie viele Iraner, nicht nur sämtliche Bundesliga-Teams, sondern auch Goethe, Schiller, Grass und sogar

Nietzsche, den er wegen dessen konsequenter Meinung über Religionen, allerdings überhaupt nicht schätzt. Und: Er kennt Rommel, Speer und Ribbentrop. Besonders begeistert zeigt er sich von General Guderian, den er als seinen „Lieblingsgeneral" bezeichnet und den er sich sehr gut in der iranischen Armee vorstellen könnte. „Von dem würden einige bei uns etwas lernen – auch heute noch!", ist er sicher. Chorka verstummt und auch mir fehlen die Worte. Aus dem zunächst höflichen, galanten Mann wird im Verlaufe der Unterhaltung ein eifriger Verfechter Hitlers, nationalsozialistischer Rassenideologien und einer Weltherrschaftstheorie. Einen längeren Monolog über Neonazis, Ariertum und dem Verlauf des 2. Weltkrieges schließt er mit der Frage: „Was meinst du, wäre aus Deutschland und der Welt geworden, wenn ihr den Krieg gewonnen hättet?" Er stellt die Frage und kann eine gewisse Begeisterung für einen „Endsieg" nicht ganz verbergen. Ein Wunschdenken scheint dem innezuwohnen und das beunruhigt mich.

„Wir haben allerdings nicht gewonnen", erwidere ich, - „glücklicherweise. Und dieser Krieg war auch nie zu gewinnen. Hitler gilt bei uns als judenfeindlich, rücksichtslos und brutal. Er wird keineswegs als großer Feldherr oder weitsichtiger Führer geschätzt. Egal: Fakt ist, dass am Ende des Krieges die halbe Welt in Schutt und Asche lag. Niemand hat gewonnen, alle haben verloren. Außer vielleicht BASF und Thyssen Krupp und am Ende die USA, heute einer eurer Hauptfeinde."

Sadie stutzt kurz, scheint dann ein wenig zu grübeln und hakt noch einmal nach: „Nun ja, ich meine nur, was w ä r e, wenn Hitler gesiegt hätte?"

Ich muss mich mächtig zurückhalten und reagiere gereizt. „Dann wärst du höchstwahrscheinlich gar nicht hier. Und wenn, dann wärst du ganz sicher kein Moslem. Schließlich hätte Hitler diese Religion, wie alle anderen, vollkommen ausgelöscht. Moslems hätte er ebenso in die Gaskammern geschickt, wie Juden, Kommunisten, Sozialdemokraten, Behinderte und", ich mache eine kleine Pause und weise auf Chorkas, „wie Leute, die Goethe, Schiller oder Hafiz lesen."

Mein Gegenüber zieht an seiner Wasserpfeife und schaut auf den Fluss. Chorka hat sicher nicht alles verstanden, dennoch spürt er, dass das anfangs entspannte Gespräch eine Wendung genommen hat.

Als Chorka einen anderen Freund kommen sieht, winkt er ihn zu uns heran und ordert mit einer lässigen Handbewegung Nachschub. Sadie, der meinen verwirrten Blick ganz sicher wahrgenommen hat, versucht abzulenken und kommt noch einmal auf die Wasserpfeife zurück. Es folgen einige Erläuterungen über das Ritual des Rauchens sowie rein technische Bemerkungen. „Du darfst den Rauch nicht zu tief einatmen. Er darf nicht den Brustkorb erreichen oder gar in die Lunge vordringen." Noch einmal macht er es mir vor: leicht ziehen, nicht zu tief einatmen und dann nach oben ausatmen. Wieder steigt dicker, weißer Rauch in den dunkler werdenden Abendhimmel.

Nachdem die Wasserpfeife noch einige Male die Runde gemacht hat, greift Sadie das Thema der Unterhaltung noch einmal auf. „Nein, nein, der Islam ist viel zu stark und zu mächtig, als dass er sich von irgendetwas unterkriegen lässt."

„Allah Akbar", erwidere ich etwas schnippisch. „Jawohl – Allah ist groß, vor allem in unserem Land", kontert er und betont die nächsten Worte besonders nachdrücklich, „der Islamischen Republik Iran." „Nun ja, hier herrschen ja schließlich auch sehr spezielle, um nicht zu sagen strenge Vorschriften und Regeln und ...", „Ja, ja das wissen wir", unterbricht mich Sadie nicht zum ersten Mal. „Und das ist auch gut und richtig so. Notwendig! Verstehst du?" „Nein, eigentlich nicht", gebe ich zu.

Wieder weist er auf Chorka und erklärt mir, wie dieser mit seiner Ehefrau umgeht, wenn sie anderer Meinung ist oder sich gar gegen ihn auflehnt. Verstört schaut Chorka erst zu Sadie, dann zu mir und wieder auf die blubbernde Wasserpfeife. Ich bin ein wenig in Zweifel, ob Chorka möchte, dass sein Freund das erzählt und ob das alles stimmt. „Sie bekommt die Peitsche zu spüren und das nicht nur einmal", wird Sadie etwas lauter. „Die Frau hat dem Mann bedingungslos zu gehorchen. Das war schon immer so und wird – zumindest bei uns – auch so bleiben! Und es ist sogar die heilige Pflicht des Mannes, seine Frau zu erziehen. Das schreiben Gesetz und Religion vor."

Sadie bezieht sich bei diesen „Erziehungsmaßnahmen" und auch bei seinen weiteren Äußerungen auf den „Zwölfer Schiitischen Islam", der Staatsreligion ist.

„Und du findest das in Ordnung, ich meine das mit dem Verprügeln?", möchte ich wissen. „Nicht nur das. Ich engagiere mich sogar persönlich dafür, dass die aufgestellten Regeln auch eingehalten werden". Sadie gibt sich als ein „Baschids" zu erkennen. Das sind diese berühmt-berüchtigten

„Sittenwächter", die Verteidiger von Moral, Anstand, Sitte, Ordnung und Brauchtum – iranischer Prägung.

Baschids sind meist junge Freiwillige – Männer natürlich – die manchmal allein, oft aber auch in Gruppen in der Stadt unterwegs sind, um „Vergehen" festzustellen und gegebenenfalls zu ahnden. Und verboten ist viel, zu viel, wie die aufbegehrende Jugend meint: Händchen-Halten oder gar das Küssen in der Öffentlichkeit, eine Frau ohne Schleier und Strümpfe, Alkohol- und Drogenkonsum, das gemeinsame Übernachten von unverheirateten Paaren in einem Hotelzimmer, homosexuelles Verhalten usw. usf. Ja, selbst die Sitzplatzordnung in Bus und Metro ist geregelt: Männer sitzen vorn, Frauen hinten.

Während sich Sadie in viele Details verliert und sogar die entsprechende Zahl der öffentlich zu verteilenden Peitschenhiebe für die jeweiligen „Vergehen" kennt, klingt seine Stimme in meinen Ohren zunehmend bedrohlicher. Vielleicht liegt es daran, dass es nun dunkel ist, vielleicht auch, weil mir bewusst wird, wo ich mich zurzeit befinde und dass es – tatsächlich! - ernsthaft spürbare Folgen haben kann, sich „unislamisch" zu verhalten. Mit der Staatsmacht, der Geheimpolizei oder irgendwelchen Sittenwächtern möchte ich in Ahwaz noch sonst wo im Iran nichts zu tun haben!

„Und fass unter keinen Umständen irgendeine Frau an!", warnt mich Sadie eindringlich und droht sogar mit dem Finger. Auf der ganzen weiteren Reise bekomme ich diese Warnung nicht aus dem Kopf: „Fass hier bloß keine Frau an! Das würde dir teuer zu stehen kommen", wiederholt er noch einmal. Als ich merke, dass er sich immer mehr aufspielt, ja geradezu in Rage gerät, bin ich es, der meinen Gastgeber unterbricht und Chorka bittet, doch noch ein Gedicht von Hafiz vorzutragen. Der erwacht aus seiner Teilnahmslosigkeit, richtet sich auf und zitiert. Das in Farsi rezitierte Gedicht ist lang, sehr lang. Aber ich höre dem jungen, sanftmütigen Mann gern zu. Die Verse aus seinem Munde klingen angenehm und wohltuend. Warmherzig vorgetragen, erreichen sie nicht nur mein Ohr, sondern auch mein Herz. Ganz im Gegensatz zu den Äußerungen Sadies. „Aber wahrscheinlich", so denke ich mir, „gehört eben beides zum Leben im Iran."

Bevor ich aufbreche, krame ich noch eine Weile in meinem Rucksack und finde, wonach ich suche: Es ist eine kleine Vers - Sammlung von Hafiz' aus einem Reiseführer.

„Gleich sei der Mensch und allen wohlgetan. / Niemand erhöhe sich und jeder sei angetan / von der Reinheit von Manne, Kind und Weib / so ich es heute auf die Tafel schreib . ///   Folgen sollt ein jeder mir / in weiter Ferne oder hier, / dass Frieden, Gleichheit und Gerechtigkeit / für alle gilt, für alle Zeit.

Diese Zeilen beenden das Gespräch, dass kein richtiges Ende, keinen Abschluss, keine „Gleichheit" finden kann, weil die Ansichten, Denkweisen, Haltungen und Weltanschauungen der Menschen auf diesem Globus so unterschiedlich sind, wie Pflanzen, Tiere oder der Himmel über ihnen.

Hiroshima

Christine Buchallik

Ich sitze im Konzertsaal, die Staatskapelle wird spielen. Auf dem Programm steht als erstes: Krzysztof Penderecki „Hiroshima". Viel kann ich mir darunter nicht vorstellen, zumal Penderecki nicht gerade mein Lieblingskomponist ist. Trotzdem bin ich gespannt und warte, dass der Dirigent die Bühne betritt und das Konzert beginnt. Doch bevor er den Taktstock hebt, wendet er sich an das Publikum mit Worten, die ich so in Erinnerung habe:

„Die Musik, die Sie als erstes hören werden, ist der Erinnerung an den Atombombenabwurf auf Hiroshima am sechsten August 1945 gewidmet. Ich bitte Sie, sich die Musik stehend anzuhören und danach nicht zu applaudieren. Sie wird genauso lange dauern wie der Atombombenabwurf auf diese Stadt. Das können, wenn mich die Erinnerung nicht trügt, achtundfünfzig Sekunden gewesen sein."

Erstaunt und etwas verstört folge ich, wie alle Konzertbesucher, der Bitte des Dirigenten, der sich nun dem Orchester zuwendet. Gut, dass er diese Worte gesagt hat. Ich höre dieser Musik viel aufmerksamer und erlebe sie, ganz anders, als ich es zuvor gedacht habe. Es sind vor allem die Streichinstrumente, die zu hören sein werden.

Absolute Ruhe herrscht im Saal. In die Stille hinein beginnen kaum hörbar, aber ständig lauter werdend, die Streichinstrumente mit ihrem Spiel, sodass man meint, das Heranfliegen des todbringenden Flugzeugs zu hören. Mit den vielen schrillen Dissonanzen ist es wahrlich keine schöne Musik.

Ich höre den Alarm, der die Bewohner der Stadt nicht mehr als sonst schreckt - Japan steht noch im Krieg – und dann das Surren der herabfallenden fürchterlichen Bombe, die fast lautlos explodiert. Im flirrenden Spiel der Geigen sehe ich förmlich das Aufsteigen des riesigen Pilzes, seine gleißende und alles vernichtende Helle. Das Bröckeln der Mauern, das Erschrecken über das Unbegreifliche und das Entsetzen der Menschen nehme ich wahr - bis alles verlischt und in tödliche Ruhe versinkt. Und so wie sie begonnen hat, verklingt auch die Musik.

Langsam lässt der Dirigent die Arme sinken, im Saal herrscht bedrückendes Schweigen. Nur allmählich kehrt die Gegenwart zurück und das Konzert nimmt nach einer kurzen Pause seinen Fortgang.

Das ist vor vielen Jahren gewesen – ich habe es bis heute nicht vergessen.

Alex und Taubi

Jan B. Prinz

Ruhig, regungslos, ja fast apathisch sitzt Alex in seinem kleinen Sessel, der gleich neben dem Fenster steht. Den Körper leicht nach vorn gebeugt, das Gesicht zum Fußboden, starren die Augen des jungen Mannes ins Leere. Auf der Fensterbank neben ihm liegt ein aus Holz, Pappe und Federn selbst gebastelter Vogel: der Schnabel umgeknickt, ein Flügel arg zerzaust und ein Fuß hängt nur noch an einem dünnen Faden. Schon seit Monaten verbringen die beiden - Alex und „Taubi" - so oder in ähnlicher Haltung am Fenster - ihren Tag in unserer kleinen Behindertenwerkstatt. Nur manchmal, wenn es mir nach langem Zureden endlich gelingt, Alex dazu zu bewegen, mit in den Garten zu kommen, sitzt er unter einem alten Kirschbaum und schaut, auch hier, ins Nichts. Die zwitschernden Vögel, das Rascheln der Blätter im leichten Wind und die Menschen um ihn herum scheinen ihn nicht zu interessieren. Nicht mehr, denn noch im vorletzten Sommer war alles ganz anders ...

Heute ist wieder einer dieser Tage, an denen Alex kaum am Gruppenleben teilnimmt. Den Morgenkreis hat er nach dem zweiten oder dritten Lied verlassen und sich wieder in seine Ecke zurückgezogen. Das gemeinsame Frühstück verweigert er und zeigt auch am Basteln kein Interesse. Alles scheint ihm zu viel zu sein. Halbwegs wohl fühlt er sich vermutlich nur, wenn er in seinem Sessel sitzt, leiser Musik zuhört und ihn niemand stört.

Früher war Alex so oft es ging im Garten. Er liebt Vögel, erfreute sich an ihrem Gesang und ahmte sie manchmal nach, indem er pfeifend, hüpfend und wild mit den Armen wedelnd über den Rasen „flatterte".

Einmal bastelten wir eine Taube. Ich unterstützte meinen Schützling beim Ausschneiden einer zuvor auf einen Bogen Pappe aufgezeichneten Figur. Obwohl Alex´ rechte Hand von Geburt an stark verdreht ist, wollte er seinen Vogel unbedingt selber basteln – so, wie er überhaupt immer alles selber machen wollte. Der Vogel sah auch beim zweiten oder dritten Hinsehen nicht aus wie ein Vogel und schon gar nicht wie eine Taube. Aber für den jungen Mann war es eindeutig ein Vogel, und zwar seine „Taubi"! Und es dauerte auch nicht lange, da rannte Alex mit seiner Taube durch den kleinen Garten – hin und her, hin und her. Und das, obwohl ihm all seine Bewegungen so schwerfallen, denn sein rechtes Bein ist stark verkürzt, ein Arm fast steif und die Hüfte in Mitleidenschaft gezogen.

Umso besser kann er „fliegen", zumindest, seit es diesen Pappvogel gibt. Meine Kollegen und ich sind froh darüber, denn seitdem bewegt sich Alex weit mehr als früher. Und sein Hausarzt meint, dass sei besser als jede Therapie: „Lassen Sie ihn ruhig laufen oder fliegen, so viel er will. Das tut ihm gut". Aber auch die „Taube" hat sich mit der Zeit immer wieder verändert. Während so mancher Bastelstunde erfuhr sie kleine „Verwandlungen". Den Rumpf verstärkten wir durch Sperrholz, die einst gemalten Augen wurden durch leuchtende, glitzernde Perlen ersetzt und der Schnabel aus Muschelteilen zusammengesetzt. Jetzt war der Vogel auch für mich ein schönes Tier. Ein lustiges vor allem, weil das Federvieh und sein bester Freund immer wieder für Erheiterung im Team sorgten. Wir sagten natürlich niemals „Federvieh", obwohl „Taubi" mittlerweile so manche echte Feder schmückte. Alex hat sie fast alle selber gesammelt und immer, wenn er wieder eine Feder fand, war er ganz verzückt und rief laut „Fedaaaah! Fedahhhh! Fedaaaaah für Taubi!" Er drehte noch ein zwei Runden mit der neuen Errungenschaft und war danach durch nichts mehr davon abzuhalten, die neue Feder an den immer prächtiger werdenden Rumpf der Taube anzukleben. Dann flogen die beiden wieder raus in den Garten und durch ihre weite, bunte, schöne Welt – nur schneller und höher und glücklicher als je zuvor.

„Aaaaaah! Fedaaaaah, Fedaaaaah! Taubi, Taubi!" Das ging so lange, bis die Flügel der beiden lahm wurden und sie erschöpft wieder vom Himmel auf die Erde zurückkehrten. Doch bevor sich Alex selbst zur Ruhe legte, brachte er noch „Taubi" zu ihrem „Nest" im alten Kirschbaum. Dort deckte er sie liebevoll mit einigen Blättern zu, streichelte ihr sanft über den Schnabel und flüsterte ihr leise zu: „Jetzt Middagsruhe. Bause mache."

Alex war fest davon überzeugt, dass dieser Platz im Baum der angenehmste und sicherste Ort für seine Gefährtin war. Ein Kollege hatte extra zu „Taubi's" erstem Geburtstag die beiden untersten Äste des Kirschbaumes so weit heruntergezogen, dass sie für Alex erreichbar waren, sie dann zusammengebunden und aus Draht, Hölzern und etwas Stroh ein „Nest" gebaut. Und im Sommer, wenn die Früchte reif waren, fiel dem Vogel so manche süße Kirsche direkt ins Nest. Einfach wunderbar!

„Taubi" wurde mit der Zeit größer, stärker und lebhafter und war bald ein ausgewachsenes Tier. Und irgendwann musste natürlich auch sie … „arbeiten". Und das kam so: „Taubi abeiten! Taubi abeiten" kam Alex eines Morgens in die Werkstatt, holte unverzüglich seine Freundin aus dem Nest und hielt sie mir direkt vor die Nase: „Taubi abeiten! Taubi abeiten!", wiederholte Alex ungewöhnlich energisch und drängend. Aber weder ich noch meine Kollegen wussten, was er damit meinte. Mehrere Tage waren wir ratlos und es gab Tränen der Verzweiflung. Schließlich riefen wir in Alex' Wohnheim an, um herauszufinden, weshalb der junge Mann so durcheinander war. Des Rätsels Lösung war am Ende ganz einfach. Von Alex' Betreuer erfuhr ich, dass sie am vergangenen Wochenende im Kino waren und sich dort einige Trickfilme angesehen haben.

„Und einer davon handelte von einer Brieftaube! Wir hatten uns auch schon gewundert, dass Alex danach so aufgeregt war."

Erleichtert legte ich den Hörer auf, ging zu Alex und mit „Taubi" und ihm ins Büro. Dort holte ich einen Bogen Papier heraus, schrieb rasch einige Worte darauf, steckte sie in einen Briefumschlag und befestigte diesen, mit einer Adresse versehen, an „Taubi's" Schnabel. Dann verkündete ich den beiden: „Ab heute darf 'Taubi' bei uns arbeiten. Und du", ich stupste dem Federvieh dabei sanft auf die Brust, „wirst unsere Brieftaube! Einverstanden?"

Taubi nickte brav und Alex jubelte erleichtert. Zwei Tage später gingen wir in den Bastelraum.

Dort fertigten wir nicht nur ein kleines Tragege-
stell, das wir in den Schnabel einhaken konnten,
sondern auch gleich noch die entsprechende Ar-
beitsbekleidung für die neue „Kollegin" an: gelbe
Mütze, gelbes Leibchen, gelbe Schuhe, die natürlich nur getragen wurden, wenn „Taubi" auch tatsächlich im Dienst war.

Es begann mit kleinen „Botendiensten". Das
sind ein durchaus probates und pädagogisch
wertvolles Mittel, um Menschen mit Behinderun-
gen zu fordern und zu fördern. Entsprechend an-
geleitet und unter Kontrolle durchgeführt, können
sie gezielt vor allem die Selbständigkeit erhöhen
und Selbstvertrauen aufbauen. Vom Stolz einmal
ganz abgesehen. Praktisch sah das Ganze wie folgt
aus: Die „Brieftaube" und ihr Helfer meldeten sich
allmorgendlich ordnungsgemäß zum Dienst. Die
Post gab ich Alex, der sie an „Taubi`s" Schnabel be-
festigte. Dann heftete ich ein bestimmtes Pikto-
gramm oder ein Foto eines Kollegen auf das
Adressfeld auf den rechten oder linken Flügel,
klebte eine Briefmarke drauf und ab ging die Post!
Meist flogen die beiden in die Küche, das Sekreta-
riat, in die Tischlerei oder zum Arbeitsvorbereiter.
Und manchmal bedankte sich einer der Kollegen
sogar mit einer Kleinigkeit und legte einen Keks
oder etwas Schokolade in den „Briefkasten" – für
den Rückflug sozusagen.

Fünf - oder sechsmal im Jahr übernahmen Alex
und „Taubi" richtig große Aufträge. Meine Kollegen und ich sowie die anderen Gruppenmitglieder
halfen dabei und gemeinsam hatten wir eine span-
nende, interessante Zeit. Ausflüge, im wahrsten
Sinne des Wortes, sind eben immer etwas ganz Besonderes - nicht nur für unsere beiden

„Brieftauben". Und so besuchten wir einen Kindergarten, ein Krankenhaus, die örtliche Feuerwehr, die nächste Polizeistation, eine Schule und und und … Irgendwann hatte ich mir diesen Trickfilm angesehen und wusste, wohin Brieftauben so alles fliegen.

In all den Jahren sind wir gemeinsam viel „umhergeflogen", lernten so manche Orte und Plätze kennen, viele Menschen schätzen und einige auch meiden. Und so nah Alex und ich uns dabei auch kamen, so sehr unser kollegiales Verhältnis immer kumpelhafter, fast freundschaftlich wurde, so sehr stellte ich auch immer wieder fest, dass es mir nie wirklich gelang, in Alex´ Seele zu schauen. Selbst die Tatsache, dass ich keine eigenen Kinder und er nie Eltern oder Familie hatte und wir vielleicht auch deshalb etwas mehr zusammenwuchsen als andere Betreuer und Behinderte - sein tiefstes Inneres zu ergründen war mir nicht möglich. Aber vielleicht markiert sich ja gerade hier die Grenze meines Berufes als Heilerziehungspfleger – selbst wenn dieser noch so sehr Berufung ist! Eines allerdings kann ich mit großer Sicherheit behaupten: Alex, „Taubi" und ich hatten einige herrliche Jahre. Beide sind mir ans Herz gewachsen. Beide habe ich lieb gewonnen - trotzdem oder gerade, weil sie so „schräg" und unvollkommen sind.

Dann gab es diese Nacht im Winter. Alex war auf dem Weg zur Toilette, als er einen seiner seltenen, aber meist schweren epileptischen Anfälle bekam. Er stürzte, schlug ungeschützt mit dem Kopf auf die harten Fliesen im Bad und lag, als die Nachtwache ihn fand, fürchterlich blutend auf dem Boden. Tagelang rangen die Ärzte um sein Leben, wochenlang war er im Krankenhaus. Und erst nach Monaten in der Reha kam er wieder in unsere Werkstatt. Mit den Füßen schlurfend, sich mühselig ans Geländer klammernd und immer wieder Pausen machend, kam er langsam auf mich zu. Ein, zweimal schaute er nach oben, schaute zu mir und schien etwas sagen zu wollen. Dann senkte er den Kopf und schlurfte weiter.

Ich begleitete Alex zu seinem Sessel und an seinen neuen Platz am Fenster mit dem Blick auf den alten Kirschbaum. Hier verbringt er nun meist den größten Teil des Tages: fast bewegungslos sitzend, wortlos, apathisch. Den Körper hat er dabei leicht nach vorn gebeugt und das Gesicht zum Fußboden gesenkt. Ganz so, als wolle er sich abwenden vom Sonnenlicht und vom Gesang der Vögel, der ihn einst so fasziniert hat. Auf der Fensterbank liegt „Taubi", zerzaust, strubblig, unbeachtet – Ob sie wohl irgendwann wieder mit Alex fliegen wird?

Das Schöne und Gute

Wolfram Dieter Martin

Als ich aus dem verwunschenen Haus trat, ganz zerstreut und selbstvergessen, lief mir die Schöne – noch den Abschiedskuss lau auf der Wange – fast scheu hinterher. Ihre Rufe drangen kaum bis zu mir, da ich schon hundert Schritte entfernt, auf halbem Weg zur Elektrischen war. Aber gleich darauf kamen Menschen, sie winkten und zeigten aufgeregt in die Richtung, aus der ich gekommen war. Ich wandte mich um und erblickte die Schöne mit wedelnden Armen, meine Tasche in Händen. Es sah aus, als faszinierte sie dieser Fund, ohne den, was sie wohl ahnen, aber kaum wissen konnte, es schwer sein würde, irgendwem auf der Welt meine Identität zu beweisen. In der Elektrischen, mich an der Schlinge haltend, schwankte ich unsicher. Meine Beruhigung kam erst später, nach dem ersten Trunk. Dennoch begann ich zu zittern, wenn ich mir vorstellte, niemals darauf vertrauen zu können, dass das Schöne und Gute immer zur Stelle sein wird, um mich vor dem Verlust meines ICH zu bewahren.

Mahnende Worte

Hans Scheibe

Nimm dir Zeit...
    du wirst sie brauchen.
Nimm dir Zeit...
    für'n Gläschen Wein.
Nimm dir Zeit...
    mal abzutauchen,
Nimm dir Zeit...
    ganz Frau zu sein.
Nimm dir Zeit...
    für etwas Liebe,
Nimm dir Zeit...
    für Zärtlichkeit...
Nimm dir Zeit...
    für deine Triebe,
Nimm dir Zeit...
    für'n Tag zu zweit,
Nimm dir Zeit...
    frag nicht nach Gründen,
Nimm dir Zeit...
    für einen Kuss,
Nimm dir Zeit...
    dich selbst zu finden,
Nimm dir Zeit...
    mach das zum MUSS!
Nimm dir Zeit...
    für die Gefühle,
Nimm dir Zeit...
    oft auch für dich,
Nimm dir Zeit...
    für neue Ziele
und wenn's geht auch mal für mich!!!

Unverhoffte Begegnung

Marita Wetzstein

Heute war endlich mal wieder ein Tag ganz ohne Termine und andere Verpflichtungen. Maria stellte das Frühstücksgeschirr in die Spüle und stopfte ihre Strickjacke in die große Umhängetasche. Im Flur betrachtete sie kurz ihr Spiegelbild, richtete noch einmal ihr Haar und legte etwas Lippenstift auf. „Nun sind die grauen Haare wirklich nicht mehr zu übersehen, dachte sie bei sich und strich sich eine graue Strähne aus der Stirn. Ein letzter prüfender Blick, dann zog sie entschlossen die Wohnungstür hinter sich ins Schloss.

Es war ein schöner Spätsommertag. Die Blumen in den Gärten waren von solch intensiven Farben, als wollten die letzten Augusttage dem Altweibersommer die Schau stehlen. Ein angenehmes leichtes Lüftchen wehte, sodass Maria die dicke Strickjacke wohl kaum brauchen würde.

Heute stimmte alles. Diesen Tag wollte sie genießen, allein für sich. Sie wollte in die Stadt gehen und sich einfach treiben lassen, schauen, was sich in letzter Zeit verändert hatte, denn in Berlin entstand ständig etwas Neues. Und sie wollte den Leuten zusehen, wie sie dahineilten, wie sie bummelten, sich unterhielten oder sonst was taten. Das machte Maria gern, die Leute anschauen und überlegen, was hinter deren Stirn vor sich ging. Neugier war das nicht, eher der Wunsch, sich in die Gedankenwelt eines anderen hineinzuversetzen. Das fand sie spannend. Bei diesem Wetter waren bestimmt viele Leute unterwegs. Am Dom und an den Museen war immer etwas los. Das war ihr Ziel.

Sie fuhr von Köpenick bis zum Hackeschen Markt und in kurzer Zeit hatte sie den Lustgarten erreicht. An der Rückseite des Alten Museums hatte sie sich noch ein Eis gekauft, das schleckte sie nun. Und weil das Eis zu tropfen begann, setzte sich Maria auf die Stufen des Alten Museums. Hier konnte sie in aller Ruhe den milden Sommertag genießen, ihr Eis essen und obendrein ungestört Leute beobachten. Sie nahm ein Taschentuch aus der Packung und breitete es sorgfältig über der hellen Sommerhose aus. So schnell konnte sie gar nicht essen, wie das Eis davonlief.

Auf dem Hauptweg zum Museum kam eine Frau in ihr Blickfeld. Sie führte einen Hund an der Leine, eigentlich war es umgekehrt, der Hund zog die Frau hinter sich her. Wie oft hatte Maria schon beobachtet, dass sich Hund und Herrchen, in dem Falle Frauchen, ähnlich sind. Die Dame trug ein elegantes Kostüm in Beige und das Tier, langbeinig mit seidig glänzendem rehbraunem Fell, ein Rassehund.

Doch bevor Maria weitere Betrachtungen anstellen konnte, schob sich eine Touristen-Gruppe vor die Frau und blieb unterhalb der Treppe mit ihrem Stadtführer stehen. „Natürlich Japaner", dachte Maria etwas abschätzig, denn sie sah schon, wie Fotos geschossen wurden und wie die Japaner voller Wissbegierde an den Lippen ihres Stadtführers hingen. „Auf solche Weise könnte mir Kultur gestohlen bleiben", dachte sie. Aber irgendwie bewunderte sie diese Leute doch, weil sie so an anderen Ländern und deren Kultur interessiert waren. „Was wird der Stadtführer wohl über den Dom, diesen prächtigen, monumentalen Klotz, erzählen?" überlegte sie. „Wie schön war doch dagegen das Alte Museum in seiner schlichten Eleganz." Lange dachte sie darüber nach und schaute versonnen ins Weite.

Plötzlich durchfuhr es sie wie ein Blitz. Das war doch! War das nicht? Nein, das konnte nicht sein, das war nicht möglich! Aber diese Ähnlichkeit?! Ein großer hagerer Mann schlenderte auf die Touristen-Gruppe zu, den Kopf leicht zur Seite geneigt, die rechte Schulter ein klein wenig nach vorn gedreht. „Genau wie Achim!" fuhr es Maria durch den Kopf. "Achim, ihr Jugendfreund. Nein, das konnte nicht sein! Doch warum eigentlich nicht? Es gab ja Zufälle, das glaubte keiner. Und warum nicht hier, im Lustgarten, wo sich die Touristen trafen? Mein Gott, wie lange hatte sie Achim nicht mehr gesehen? Das war fast 50 Jahre her." Die Gedanken wirbelten wild in ihrem Kopf herum.

In der 10. hatte sie Achim kennengelernt. Er ein Mathe-Ass und sie eine absolute Niete. Damals war es an ihrer Schule üblich, dass die besseren Schüler den schlechteren eine Art Nachhilfeunterricht gaben. Sie hatte Achim aus der 12 b zugeteilt bekommen. Bis dahin war ihr der lange Kerl mit dem vorspringenden Kinn und dem leicht verdrehten Gang nicht sonderlich aufgefallen, denn mit Mädchen sah man ihn nur selten. Dafür hatte sie gehört, dass er Schach spielte und bereits irgendwelche Jugendmeisterschaften gewonnen hatte. König Drosselbart nannten ihn die Mädchen ihrer Klasse wegen seines Kinns.

Er war verlegen, als sie sich zum Nachhilfeunterricht trafen. Unentwegt starrte er auf das Mathebuch, als ob es ein Schachbrett wäre und er über den nächsten Zug nachdenken müsse. Sie erinnerte sich, wie sie das amüsiert hatte und sie ihn fragte, ob er der Bauer sei, der sich nicht an die Dame herantraut. Achim stutzte, doch dann musste er lächeln. Marias lockere Art gefiel ihm offensichtlich. Immer öfter ging er auf ihren heiteren Ton ein und spottete seinerseits über ihre mageren Mathe-Kenntnisse. „Solltest du der Meinung sein, Sinuskurven hätten was mit weiblichen Formen zu tun, bist du auf dem Holzweg", war nur eine seiner ironischen Bemerkungen.

Immer vertrauter wurden sie einander, sodass der Nachhilfeunterricht für Maria seinen Schrecken verlor. Schon bald sehnte sie die Stunden herbei. Schnell noch die Bluse gebügelt, die ihre Figur so gut zur Geltung brachte, und dazu den weiten Rock mit dem Petticoat, das würde Achim gefallen. Maria bemerkte, dass er manchmal so ungeschickt über den Tisch langte, dass er sie berühren musste. Es kam auch vor, dass sie wie zufällig in der Tür zusammenstießen. Oh, sie konnte sich schon vorstellen, wie er sie bald in die Arme nehmen würde.

Doch dann kam er zum Nachhilfeunterricht und war plötzlich steif wie ein Zinnsoldat. Diesmal konnte sie ihn mit ihren Scherzen nicht aufmuntern. Was war denn auf einmal mit ihm los? Maria konnte überhaupt nicht klar denken und löste die Matheaufgeben denkbar schlecht. Als er ging, zog er sie kurz an sich und wollte offensichtlich etwas sagen, ließ es dann aber bleiben. Maria fühlte sich überrumpelt und konnte den spontanen Gefühlsausbruch nicht einordnen. Doch sie wartete sehnlichst auf die nächste Stunde. Aber Achim erschien nicht. Hatte sie ihn beleidigt? War er krank? Auch in der Schule hatte sie ihn seit zwei Tagen nicht mehr gesehen.

Bald schon wurde in der Klasse gemunkelt, dass einige Schüler der 12b „abgehauen" seien, weil sie keinen Studienplatz bekommen hatten. Auch Achim gehöre dazu. Maria war fassungslos. Das konnte nicht sein! Achim war fort, ohne ihr ein Wort zu sagen. Sie rief sich noch einmal ihre letzte Nachhilfestunde ins Gedächtnis zurück. Ihr fiel es wie Schuppen von den Augen. Jetzt verstand sie sein sonderbares Verhalten. Offenbar hatte er sich gescheut, sich von ihr zu verabschieden. Wusste er denn, ob sie nicht versuchen würde, ihn zurückzuhalten? Vielleicht würde sie sogar zur Stasi gehen? Wie gut kannte er sie denn? Maria schlug die Hände vors Gesicht, zwischen ihren Fingern tropften Tränen hervor. Was konnte sie jetzt tun? Am liebsten wäre sie sofort zu ihm gefahren. Doch wo war er jetzt? Und wollte er sie überhaupt wiedersehen? Maria grübelte und grübelte und fand keinen Ausweg.

Am nächsten Tag traf sie auf dem Schulweg wie zufällig seinen Bruder. Unauffällig schob er ihr einen mehrfach gefalteten Zettel in die Hand. Maria war, als ob sie ein brennendes Streichholz hielte. Sie trat in die nächste Toreinfahrt und faltete mit zitternden Händen das Stück Papier auseinander. Achim schrieb ihr, dass er als Kind eines Handwerkers keine Chance habe, jemals einen Studienplatz zu bekommen. Er aber wolle unbedingt Mathematik studieren. Sobald er könne, würde er sich bei ihr melden. Er möchte gern auch in Zukunft mit ihr zusammen sein.

Drei Wochen später war die Mauer gebaut, waren die Grenzen geschlossen. Maria hat Achim nie wieder gesehen.

Diese Erinnerungen waren Maria in diesem Moment so gegenwärtig, so deutlich, als sei es gestern gewesen. Ihr Umfeld war jetzt wie in Nebel gehüllt. Sie sah nur den großen hageren Mann herankommen. Ihr Eis hatte sie völlig vergessen und es hatte, trotz des Taschentuchs, braune Flecken auf ihrer Hose hinterlassen. Maria achtete nicht darauf. Sie versuchte, das Gesicht des Mannes zu erkennen. Hatte er Achims Drosselbart-Kinn? Das wäre ein untrügliches Zeichen, daran würde sie ihn sofort erkennen.

Inzwischen war der Mann an die Gruppe herangetreten, ja er nahm zu einem der Touristen sogar Tuchfühlung auf. Warum trat er so dicht hinter den Japaner? Konnte er die Ausführungen des Stadtführers so besser verstehen? Verstand er überhaupt Japanisch? Wie eine Marionette, die von fremder Hand gelenkt wird, stieg Maria die Treppe hinunter und ging auf die Gruppe zu, ihren Blick wie gebannt auf diesen Mann gerichtet. So sah sie wie seine Hand langsam in die Gesäßtasche des Japaners fuhr und das Portemonnaie herauszog. „Nein!" Maria schrie so laut, dass die Köpfe der Japaner zu ihr herumflogen. Auch der Mann wendete den Kopf und blickte erschrocken zu Maria.

Nein, das war nicht Achim, das war nicht sein Gesicht. Gott sei Dank, das war er nicht! Wie eine Last viel die Anspannung von ihr ab. Sie war so erleichtert. Und doch, irgendwie enttäuscht war sie auch. Aber was sollte eine Begegnung nach so

vielen Jahren – und dann noch eine solche. Nein,
darauf hatte Maria nun doch keine Lust.

Physikstunde

Wolfram Dieter Martin

Wir hatten bei ihr Physik. Unsere Lehrerin, Frau Schehag, war noch sehr jung, ein halber Teenager, gerade frisch von der UNI gekommen, mit Benotungen – so meine Vermutung – hinter denen sich wohl jeder Schüler der 8 b verstecken konnte. Frau Schehag kam immer wie aus dem Ei gepellt. Ich kann mich an keine Unterrichtsstunde erinnern, in der sie auch nur annähernd das gleiche trug. Sie stand mit dem Rücken zur Klasse – in jeder Hand ein Stück Kreide – und bekritzelte leidenschaftlich die Tafel. Mich irritierten diese abstrakten Bilder aus gekünstelten Formeln und wilden Symbolen. Da ich selbst leidenschaftlich gern zeichnete, vor allem im Sinne der Natur, hatte ich absolut nichts übrig für eine derart vegetationslose Kunst. Als es nach einer Weile fast andächtig still wurde im Raum, fragte ich unseren Klassenprimus, ob er das ganze Gewirr von Zahlen, Buchstaben und Strichen deuten könne? Erwin Koglin, der gerne selbst öfter in höheren Sphären schwebte, erklärte salbungsvoll, es handle sich um eine Bilderassoziation, wo Linien und Kurven mit all den dazugehörigen Symbolen die grundlegenden Phänomene der Natur zeigen sollen. Jene gelte es zu untersuchen. Das Werk an der Tafel demonstriere sozusagen Physik im Spiegel der Kunst. Mit Staunen und Befremden hörte ich dann noch den Begriff, Isochore, aus seinem Mund. All das ging über meinen Horizont, es war mir peinlich. Endlich legte Frau Schehag die Kreide aus der Hand. Leichtfüßigen Schrittes kam sie auf mich zu, blieb neben meinem Platz stehen, aufrecht und unbeweglich. Ich erhob mich und ließ meinen Blick langsam über sie hingleiten. Ihr Blondhaar war lang nach hinten gestrichen; sie roch einfach gut. Mir war, als müsste ich sie berühren und bekam Herzklopfen. Ihre Kleidung, so flüsterte mir die Vernunft, darfst du nicht anfassen. „Frau Schehag", platzte es plötzlich aus mir heraus, „ich muss Ihnen was gestehen." Ihre Augen waren erwartungsvoll auf mich gerichtet. „Ich verstehe Physik nicht". Sie starrte mich groß an. Ich machte eine Pause und fügte dann hinzu: „Entschuldigung, Ihre geometrischen Bilder zeigen nach meinem Verständnis Sternhaufen im großen Andromedanebel."

Ein Gelächter ging durch die Klasse. Frau Schehag blickte einen Moment lang betroffen um sich, und ihr Gesicht wurde traurig. Tränen erschienen in ihren Augen. Ich sagte sanft: „Aber, Frau Schehag."

Sie fing an zu weinen. Ich überlegte eine Sekunde, sie in den Arm zu nehmen. Nach einem Weilchen machte sie auf dem Absatz kehrt; ich folgte ihr bis vorne ans Pult. Ich sagte zärtlich: „Frau Schehag." Sie blickte auf, und ich fuhr fort: „Warum weinen Sie denn?" Ganz in Tränen aufgelöst fing sie mechanisch an ihre kleine lederne Tasche zu packen. Und ich setzte hinzu: „Ich meinte es doch nicht so." Sie tupfte sich die Wangen mit ihrem Taschentuch ab. Ich fühlte mich unbehaglich, die Kehle war mir wie zugeschnürt. Alle Augen in der Klasse richteten sich auf mich. Ich öffnete wieder den Mund und sagte: „Physik liegt mir halt nicht, meine Auffassungsgabe ist gehörig schlecht." Und als ich dann noch mit dem Geständnis herausrückte, dass mir Chemie und Mathe genau solche böhmischen Dörfer waren, riss ihr wohl endgültig die Geduld. Sie brauchte nur wenige Schritte, ging hinaus und schloss leise die Tür. Ich wollte ihr etwas hinterherrufen, aber ich vermochte nicht zu sprechen. In der Klasse wurde es mucksmäuschenstill. Man hörte ihre Schritte sich auf dem Korridor verlieren. Die meisten von uns eilten ans Fenster. Frau Schehag verließ das Gebäude, überquerte den Hof und nahm dann den angrenzenden Weg durch den Park. Ich setze mich auf meinen Platz und versuchte nachzudenken. Mehrere Minuten verstrichen. Ich empfand weder Lust noch Unlust. Mir war, als ginge mich meine eigene Zukunft nichts an. Ich stand auf und fing an die Tafel zu wischen. Nach einer Weile merkte ich, dass ich bereits ein Stück Kreide in der Hand hielt. Es fiel mir nicht schwer ihr Porträt aus dem Gedächtnis zu malen.

Ungleiche Paare
Bärbel Lachmann

Zwei Füße, einer rechts und der andere links, sind ein Paar. Sie sind perfekt aufeinander abgestimmt. Zwei Füße tragen den Körper von Anita, einer jungen Frau.

Anita liebt es, ihre Füße in weiche und sehr bunte Socken zu hüllen. Das ist im Moment Mode und Anita findet das schick.

Heute freut sie sich auf ein lang erwartetes Treffen mit Jens. Sie ist schon am Morgen kribbelig. Was soll sie nur anziehen? Sie unterstreicht ihre Freude, indem sie für ihr Outfit ganz besondere Socken wählt: die mit dem schwarzen Untergrund und knalligen Blüten und Ornamenten mit fantasievoll geschmückten Herzen.

Herzen, ja, das passt heute.

Auch Jens setzt auf Farbe. Wie schön, dass sie beide den gleichen modischen Geschmack haben. Seine Socken sind klar gegliedert: am Hacken knallig lila, dann grün und die Spitze leuchtend orange. Über alles hinweg windet sich eine gut genährte gelbe Schlange. Doch Vorsicht! Die Schlange reißt das Maul weit auf und streckt begierig die gespaltene Zunge heraus.

Anitas und Jens' Socken kamen sich in letzter Zeit näher. In Momenten, wenn sich die Beine von Anita und Jens berühren, haben oft auch die Socken Kontakt. Dann würden sie sich am liebsten ineinander verstricken. Manchmal kribbelt es zwischen ihnen, das spüren sogar ihre Träger.

Ein warmes, wohliges Gefühl durchzieht die zwei Socken-Paare, wenn sich die Beine der beiden

Menschen näherkommen. Sie genießen es, wie ihre Träger. Dann wird die Schlange übermütig und versucht, nach den Herzen zu schnappen. Die ziehen sich zurück und der Schlange bleibt nur ein kleines Fädchen zur Erinnerung.

Heute ist ein Tag, an dem sich Beine und Socken ganz nah sein dürfen. Die geschmückten Herzchen blinkern ein bisschen. Ist das eine Aufforderung? Begehrlich züngelnd antworten die Schlangen.

Doch ehe sie das Gefühl der Nähe ausgiebig genießen können, werden sie abrupt von den Füßen gerissen. Im hohen Bogen fliegen sie durchs Zimmer. Was ist denn jetzt los? Anitas Socken sind irritiert. So etwas kennen sie nicht. Erst spät merken sie, dass sie nicht allein in der Ecke liegen. Es züngelt verführerisch neben ihnen.

Eine gute lange Zeit kuscheln sich Anitas und Jens Socken aneinander, bis plötzlich, wie aus dem Nichts, Anita aufspringt. „Ich muss los!", schreit sie, hat kaum Zeit für einen Abschiedsgruß und sucht hektisch ihre Sachen zusammen. Jens erhebt sich langsam und sammelt ebenfalls seine Kleidung ein. Schade, dass alles schon vorbei ist.

Und Anita ist schon weg.

Sie rennt zur Arbeit. „Nur nicht zu spät kommen." Sie schafft es noch, eine belanglose Miene aufzusetzen und geht scheinbar gelassen an ihren Platz. Ihre Socken jedoch sind völlig durcheinander. Aus Anitas rechtem Schuh hängt eine lila Beule. Etwas, das aussieht wie eine Schlange, scheint sich daraus befreien zu wollen. Der Schuh ist viel zu eng. Das empfindet Anita ebenso. Herzen und Schlange aber sind unübersehbar.

Sie tragen Anita durch den Tag!

Die Kollegen bemerken Anitas im wahrsten Wortsinne unpassende Kleidung und halten sich mit Spitzen nicht zurück. Ganz schön peinlich! Doch Anita ist nicht auf den Mund gefallen. „Nase hoch", denkt sie und dreht den Spieß geistesgegenwärtig um: „Ihr wisst eben nicht, was modern ist.", sagt sie schnippisch.

Ratschlag

Hans Scheibe

Kann dich nicht mehr erreichen
mit meinem Denken.
Dir wieder zu gleichen
möcht' ich dir schenken.

Wie könnt ich dich verführen
zum Rückwärtsgeh'n?
Was müsstest du verspüren
zum Neu-Entsteh'n?

Es scheint dir nichts zu fehlen
im Mittelmaß.
Könnt ich dir nur erzählen,
wie du einst warst!

Versuch dem zu entrinnen,
schließ dich nicht zu.
Du würdest viel gewinnen.
Werd' wieder du!

Immer nur das eine

Antje Schirrmeister

Julia und Markus spürten ihr großes Glück, seit sie an das Meer gezogen waren. Zu zweit eins sein mit dem Wind, den Wellen der See, den Feldern mit Licht und Schatten, den Bäumen im Lauf des Jahres und den Sonnenuntergängen. „Wer kann schon da sein, wo seine Träume wohnen?", schoss es Julia mal wieder durch den Kopf, als die Sonne sich in Rosa und Orange hinter dem Horizont verlor. Die blaue Stunde hatte begonnen. Vor Julia blitzte der Wein rubinrot und der Schaum lief über den Rand seiner Biertulpe. Nichts war mehr nutzlos, was die beiden als Rentner um sich versammelt hatten. Sie hatten ordentlich abgespeckt vor dem Umzug. „Brauchen wir es dort wirklich? Ist es Kunst oder kann es weg?" Beide mochten den Titel der Band Silbermond und hatten sich durch die Worte aufgefordert gefühlt: „Eines Tages fällt dir auf, dass du 99% nicht brauchst, du nimmst all den Ballast und schmeißt ihn weg. Denn es reist sich besser mit leichtem Gepäck."

Vorgestern war so ein gemütlicher Abend zu zweit.

Hier wäre die Geschichte zu Ende, wenn, ja wenn da nichts Neues, Nutzloses entstehen würde und auch Groll bei Julia, an einem Tage wie gestern.

Geschlossene Augen sahen nichts mehr. Julia nahm ihren Kopf in beide Hände und schob ihre Handflächen von oben über Ohren und Wangen, so dass der Ton gedämpfter in sie eindrang. Die Finger presste sie auf die Ohren. Kein Blatt Papier passte mehr dazwischen. Julia hatte die Augen zusammengekniffen. Es schmerzte in den Höhlen. Endlich, die Motorsäge kreischte leiser. Mehr ist in solchen Momenten nicht zu erreichen mit einem wie ihrem Markus. Sie überlegte.

Da gab es ihren Schwager Uwe, den stillen Genießer. Der zog sich eine Uniform an und ließ seine kleinen Züge fast geräuschlos über die Weichen und Schienen gleiten. Stundenlang hockte er vor dem großen Tisch und bastelte seine Miniaturwelt, in aller Stille.

Bücherwürmer bewegen sich kaum. Sie liegen auf der Couch, sitzen im Schaukelstuhl, ohne dass dabei ein Laut in einer hörbaren Frequenz produziert wird. Sie sah ihren Ex, den Sven vor sich. „Das war eine gute Seite an ihm. Warum lockte Markus kein Buch zu solch leisen Orten?"

Stifte oder Pinsel gleiten über Papier, es entstehen Abbilder unserer Welt in Ruhe und Harmonie. Der Heiner, genannt der Pinselheinrich, störte sie nie.

Sie stellte sich Markus an Uwes Tisch, auf Svens Lesecouch oder mit Heiners Farbpinseln vor. Falsch war dieses Bild, ein Fake. Das wäre nie Markus.

Ihr Markus wollte immer nur das eine – genügend Holz vor der Hütte. Es gab keinen Tag, an dem er nicht danach suchte und überlegte. „Ist dieser Baumstumpf geeignet meinen Figuren die Grundlage zu geben, aus der ich sie schälen könnte? Was könnte daraus entstehen? Hat die Maserung besonderes Potential?"

Erblickte er ein neues Stück, stellten sich die Fragen in seinem Kopf automatisch. Julia kannte ihn zu gut. Immer nur das eine! Er war nur mit Säge und diesen Geräuschen zu haben, die jetzt leiser an ihre Ohren drangen. Wenn da nicht der Lärm wäre. Überkam es Markus, wurde die Motorsäge rausgeholt und schon sang sie ihren hohen oder dumpfen, aber immer kreischenden Ton. Dann wurde es plötzlich still. Julias Hände lösten sich vom Kopf und sie öffnete ihre Augen. Vorbei war es für diesen Tag, hoffte sie. Ein leises Klopfen setzte ein, wie wenn ein Specht seine Höhle zu bauen beginnt oder wollte der Vogel eine Larve unter der Rinde freilegen? Die Feinarbeiten stifteten Frieden zwischen beiden. Julia hegte keinen Groll mehr gegen Markus. Und den Uwe, den Sven oder den Heiner wollte sie nicht eintauschen, auch wenn es bei ihnen viel leiser und entspannter zugehen würde!

Julia sah zu der Reihe seiner vollendeten Skulpturen hinüber. „Welchen Nutzen konnten sie aus ihnen ziehen? Welchen Sinn machten die ständig neuen Skulpturen?" Markus hatte Spaß, viel Spaß im Schaffensprozess. Ihn störte weder der Lärm, wenn die Kettensäge ihr schräges Lied sang, noch unwirtliches Wetter, wenn er sich in eine Idee verbissen hatte. Für ihn war es Begeisterung, Einsatz und Hingabe. Sie schaute auf sein neuestes Werk.

Ja, die Skulpturen bekamen oft ein Eigenleben, je nachdem, was der Betrachter in ihnen sah. Julia entdeckte viele verschiedene Wesen und Dinge, schöne Dinge für das Auge. Sie gefielen ihr oft. Aber, wenn sie ganz genau hinsah, mit den Augen von Markus, von Männern, dann sah sie wie so oft „Immer nur das Eine" – Brüste.

Wer sollte denn so etwas haben wollen, sich hinstellen? Hat er doch wieder was Nutzloses erschaffen! Markus sah das immer anders. Egal, auch ihr Groll über den Lärm war längst verflogen.

Gestern klopfte es an der Tür. Die Oberärztin von Julias Klinikaufenthalt hatte tatsächlich angehalten während ihres Urlaubs am Meer, so wie sie es ihr versprochen hatte. Sie tranken Kaffee und die Skulpturen rückten in deren Blick. Frau Oberärztin sah genauso viele verschiedene Wesen und Dinge, aber vor allem - die Brüste. Diese rückten in ihren Fokus. Sie streichelte über das glatte Holz und spürte der Maserung nach. Sie bückte sich nach den Kleinen, drehte und wendete die mehr Abstrakten, zog zwei schwere Stücke aus der Ecke und stellte zu guter Letzt zwei Skulpturen vor sich auf den Kaffeetisch. Julia war still geworden und kaute an den Nägeln, was sie schon als überwunden geglaubt hatte, als sie es bemerkte. „Immer nur das eine? Jetzt auch bei Frauen?", ging es Julia durch den Kopf. Einordnen konnte sie diese Wahl nicht und es fiel ihr kein Kommentar dazu ein. Es dauerte noch etliche Minuten, ehe Frau Oberärztin eine zurückstellte. „Diese Brüste hier sind fantastisch. Mein Chef geht nach 35 Jahren in Rente, Spezialgebiet Mammographie. Unser Abschiedsgeschenk wird der Volltreffer."

Julia atmete hörbar auf und lachte: „Brüste als Geschenk zum Abschied vom Arbeitsleben, das ist eine tolle Idee", lobte sie die Oberärztin und fragte: „Kennen Sie vielleicht noch einen Urologen vor dem Ruhestand? Mein Mann hat eine Skulptur im Keller stehen ... mit etwas Fantasie erkennt man einen riesengroßen Phallus."

Enkeldialog

Elke Dornath

Ich räume auf. Da liegen Festplatten, die Klaus aus alten Computern ausgebaut hatte. „Die wolltest du entsorgen", werfe ich Klaus vor. „Warum sind die noch hier?"

„Ich weiß nicht, was drauf ist. Es kann sensibles Material sein, Kundendaten oder Passwörter", Klaus überlegt. „Hier ist ein Gerät zum Auslesen externer Platten. Mal sehen, was sie enthalten."

Er schnappt sich die Teile und setzt sich an den Computer. Der Browser zeigt den Inhalt.

Es klopft ans Fenster. Claudia kommt mit ihren beiden Töchtern. Johanna ist 17, Mia gerade 13 geworden. Claudia erklärt vorwurfsvoll. „Hier seid ihr! Am Arbeiten, na wo sonst! Da hört ihr kein Klingeln. Dreimal haben wir es versucht!"

Küsschen hier, Küsschen da. Johanna schüttelt ihre blonden Locken. Mit ihrer langen Mähne sieht sie nicht nur wie eine Löwin aus, sie ist auch eine. Schon von klein auf war ihr Selbstbewusstsein unbegrenzt. Jetzt schwebt sie über den Dingen. Sie weiß alles – besser. Ihr Make-up ist wie stets perfekt. Zu Halloween trägt sie schwarzen Lippenstift. Für ihre Schwester ist sie das große Vorbild.

Die grazile Mia überragt mich. „Du bist aber gewachsen!" Meine Bemerkung freut sie sichtlich.

Nach dem Kaffeetrinken setzen wir uns vor den Bildschirm. Wenn Klaus auf die Verzeichnisse der Projekte klickt, öffnen sich Filmaufnahmen. Johanna ist interessiert, da sie mit ihrem Handy selbst Filme produziert und schneidet. Sie liest die Jahreszahlen „Sind die von 2011? Warum heißen sie Montagsdemos?"

„Die Bürgerinitiativen in Friedrichshagen haben die Leute zum Protest gegen den Flughafenstandort aufgerufen. Wie die Bürgerbewegung in der DDR fanden die immer montags statt. Viele Tausende kamen zum Marktplatz in Friedrichshagen", antworte ich.

„Protest gegen den Flughafen? Wozu? Wie crazy ist das denn?"

Neugierig schaut uns Mia über die Schulter. „Ist das eine Luftaufnahme? Sieht aus, wie ein See von oben. Mit vielen Leuten am Ufer!"

„Tja, die Menschenkette um den Müggelsee. Gegen den verkehrten Flughafenstandort. Na ja, ganz um den großen See haben wir es nicht geschafft. Unsere schönen Seen im Südosten Berlins sollten verlärmt und verdreckt werden. 26000 Leute waren auf den Beinen. Seht ihr die vielen Boote auf dem Wasser?"

„Sheesh. Warum hattet ihr was gegen den Flughafen? Jeder will mal fliegen", fragt Mia.

„Als der Standort damals genehmigt wurde, galt das für einen Regionalflughafen, nicht für ein Luftdrehkreuz wie in Frankfurt oder München. Den Anwohnern war klar, dass sich das Krebsgeschwür Flughafen immer weiter in die Landschaft fressen würde. Wir dachten damals, wir stehen für unsere Kinder und Enkel auf der Straße. Weil die arbeiten müssen."

Klaus hat das nächste Projekt angeklickt.

„Kommt mir bekannt vor. Das Kanzleramt?", fragt Johanna.

„Na klar, da war ich neulich mit der Klasse", erklärt Mia sachkundig. „Und was wolltet ihr da?"

„Protestieren. Kein Politiker hörte uns zu. Ich organisierte damals für Klaus eine Fahrradrikscha.

Damit ist er die Reihen der Demonstranten entlanggefahren und hat gefilmt."

„Papa ist immer froh, dass wir für Urlaubsreisen nicht mehr bis nach Tegel müssen", klärt mich Mia auf.

„Der Fluglärm hat sich ehemals über zwei Standorte verteilt, der eine in Tegel, der andere in Schönefeld. Es gab eine große Studie. Darin hieß es, Schönefeld sei ungeeignet, da zu viele Anwohner vom Fluglärm betroffen wären. Jetzt fliegen alle Passagiere vom BER. Noch sind das wenige. Wegen Corona und wegen der Inflation haben die Leute kein Geld. Die Flugpreise sind enorm gestiegen. Wenn die Krisen endlich vorbei sind, könnte es wieder mehr Flüge geben", erkläre ich den beiden.

Johanna zeigt ungeduldig auf das nächste Verzeichnis „Was soll das sein? Schrippenmutti?" Das Projekt ist von 1998. „Komm doch her, Mutti, das sind Opas alte Filme", ruft Mia ihre Mutter. Claudia rekelt sich auf unserer Couch und tippt unentwegt auf ihrem Handy. „Keine Lust!", sagt sie gähnend.

„Das Projekt haben wir mal für das ZDF gedreht", sage ich Mia. Die hat inzwischen auf einem unserer Bürosessel Platz genommen. Ihre Beine legt sie grazil übereinander. Diese Pose beherrscht sie perfekt. Bei anderen hätte es vermutlich affektiert gewirkt, bei ihr nicht. „Schrippenmutti hatte eine Supergeschäftsidee. Sie belegte Brötchen und fuhr damit zum Kudamm. Die Schrippen verkaufte sie den Mädchen im Rotlichtviertel. Ein blendendes Geschäft, denn Liebe macht hungrig."

„Was meinst du damit?", fragt Mia. „Mann bist du uncool", fährt Johanna sie an. „Du weißt doch, was ein Bordell ist. Das habe ich dir erst neulich erklärt!"

„Ach so. Und wieso habt ihr sie Schrippenmutti genannt?"

„Diesen Spitznamen hatte sie von den Mädels. Weil sie sie als Menschen behandelt hat und nicht als Ware. Schrippenmutti ließ sich von ihren Sorgen erzählen. Leider bezahlte Schrippenmutti ihre Parkgebühren nicht. Deshalb musste sie ein paar Tage ins Gefängnis. Das brachte ihre Story in die Schlagzeilen. „Brisant" wurde aufmerksam. Ein Redakteur wurde beauftragt, Klaus sollte die Aufnahmen machen. Und so kam es, dass wir weisungsgemäß vor den Mädels auf den Knien lagen. Klaus schwang seine Kamera und ich angelte den Ton. Hätte ich nie gedacht, dass ich zusammen mit meinem Mann im Puff lande!"

Johanna zeigt auf ein neues Projekt. „GEWO-BAG. Was soll das sein?" „Das klick mal an, da müssten unsere Luftaufnahmen drin sein. Damals wurden die noch vom Hubschrauber ausgedreht." Und tatsächlich sind Kudamm, Gedächtniskirche und Kuppel des Fernsehturms von oben zu sehen.

„Warum nicht mit Drohnen? Die alten Aufnahmen sind so verwackelt", kritisiert Johanna.

„Hubschrauber waren damals schon das Beste, womit man Luftaufnahmen drehen konnte. Eine Stunde Flug kostete mehr als 1000 DM. Ich stand auf den Kufen und hing in einem Traggurt. Häuser und Menschen 200 m unter mir, der ganze Kudamm", erklärt ihr Klaus.

„Cool! Eine Runde um den Fernsehturm! Hast du keine Angst gehabt?", Mia ist begeistert.

„Gar nicht. Es war ein großartiges Erlebnis, was ich nie vergessen werde."

„Aber warum die Projektbezeichnung?"

„Die GEWOBAG war der Auftraggeber. Sie wollten mit solchen Werbefilmen ihre Eigentumswohnungen verkaufen. Damals protzten sie mit diesen Luftaufnahmen auf Messen, da nur große Gesellschaften sich die leisten konnten", erkläre ich den beiden Mädels.

„Und die Festplatten wollt ihr wegschmeißen?", fragt Johanna abschließend.

Wir sehen uns an.

„Ich glaube, das tun wir nicht. Das ist ein Teil unserer Firmengeschichte. So etwas hebt man auf!"

Die alten Festplatten kommen zurück in den Schrank.

Der unverhoffte Händedruck

Anke Voigt

Frau Obrovsky ist gerührt, als sie die Hand ihres Schülers plötzlich in der ihren spürt, und es kostet sie einige Mühe, diese Rührung nicht zu zeigen, denn Gefühle, die sie zu überwältigen drohen, behält sie lieber für sich. Darum blinzelt sie erst ein paar Mal, um die Tränen zurückzudrängen, räuspert sich dann und sagt schließlich:

„Tschüss, Valentin. Bis nächste Woche."

Sie mag diesen Jungen, der nicht nur seit sechs Jahren mit echter Freude auf seinem Cello übt, sondern auch aufgrund einer guten Musikalität nie diese oft bei Streichinstrumentenanfängern so schwer erträglichen unsauberen Kratztöne hervorgebracht hat. Einmal, ganz zu Beginn der Krankheit, die so vieles veränderte, war Valentin im Unterricht rot angelaufen, weil er sich nicht getraut hatte zu husten. Erst nachdem sie ihn aufgefordert hatte: „Na, nun lass es schon raus! Ich stecke mich doch nicht gleich an", hatte er befreit und ausgiebig gehustet, um sich anschließend mit dem Handrücken verschämt die Augen zu trocknen. Ja, Valentin ist ein toller Junge, fleißig, rücksichtsvoll, freundlich und höflich.

Drei Jahre hat Frau Obrovsky diese Hand nicht mehr gedrückt, so wie sie auch das rechte Handgelenk des Jungen seit jener Zeit nie mehr berührt hat, um die Bogenhaltung zu korrigieren, oder einzelne Finger der linken Hand, um sie in die richtige Position zu bringen. So wie sie überhaupt keine Hand eines Schülers seit jener Krankheit mehr angefasst hat. Valentins Hand war größer geworden. Fast schon eine Männerhand. Drei Jahre sind eine lange Zeit. Was hatte den Jungen dazu gebracht, sich plötzlich wieder auf diese Weise von ihr zu verabschieden? Sie wird es wohl nie erfahren, denn sie möchte ihn nicht danach fragen. Sie wird ihm einfach in Zukunft wie selbstverständlich die Hand reichen. So wie früher.

Einst hatte Frau Obrovsky es sich zur Aufgabe gemacht, den ihr anvertrauten Kindern neben dem Cellospiel auch das Begrüßen und Verabschieden mit Händedruck beizubringen. Mit einem ordentlichen Händedruck versteht sich, nicht zu fest, nicht zu lasch, mit Angucken und ohne Kaspereien. In dieser Beziehung war und ist sie ein wenig konservativ.

Sie mag einfach diese vielleicht als altmodisch geltende und auch eher ostdeutsche Art der Begrüßung. Ein Händedruck ist ihr um vieles lieber als die neumodischen, oberflächlichen, fast berührungslosen Umarmungen oder jene Luftküsse, bei denen sie nie genau weiß, wie sie sich zu verhalten hat. Sich die Hand zu geben, findet sie bedeutend persönlicher. Man sieht seinem Gegenüber ins Gesicht, kann schon bei der Begrüßung dessen Stimmung erkennen und reagieren. Man kann lächeln, Überraschung, Bestürzung, Mitgefühl oder Ablehnung zeigen. Der erste Schritt einer Kommunikation ist getan. Die zugreifende Hand kann verschiedenste Emotionen ausdrücken. Manchmal allerdings passen Gesichtsausdruck und Händedruck nicht zusammen. Frau Obrovsky muss lächeln, Ja, sie hat schon viel über dieses Thema nachgedacht. Hat beobachtet und analysiert.

Händedruck ist nicht gleich Händedruck. Da gibt es den Schmerzen verursachenden, energisch kraftvollen, oft von Männern, aber nicht ausschließlich von ihnen, angewandten, der Gelenke zum Knacken bringt. Menschen, die auf diese Art begrüßen, möchten selbstbewusst wirken, sind aber auch ein bisschen rücksichtslos. Eine zu lasche Hand hingegen verursacht bei Frau Obrovsky ein Schütteln des gesamten Körpers. Natürlich versucht sie solch eine Reaktion so gut wie möglich zu verbergen, denn die Zaghaftigkeit könnte in krankheitsbedingter Schmerzempfindlichkeit begründet sein. Frau Obrovsky ist eine höfliche Person, die ihr Gegenüber nicht verletzen möchte. Manchmal ist es auch einfach Schüchternheit oder Misstrauen, die die Kraft aus der zu begrüßenden Hand zu ziehen scheint. Dann ist es an dem Begrüßenden, dem Gegenüber Sicherheit zu verleihen. Manch ein Händedruck ist so schnell vorbei, dass man sich nicht sicher ist, ob er überhaupt stattgefunden hat. Ein anderer will überhaupt nicht aufhören und grenzt schon fast an sexuelle Belästigung. Manche Menschen haben die Angewohnheit, auch noch ihre linke Hand einzubeziehen. Die umschließt dann wie zur Bekräftigung des Grußes die rechten beider Begrüßungspartner. Sehr kalte Hände können Rührung und Gänsehaut hervorrufen. Warme Hände sind angenehm und strahlen Geborgenheit aus.

Die Kinder lernten schnell. Wenn jemand nicht richtig zufasste, bekam er von Frau Obrovsky eine ebenfalls lasche Hand gereicht, war irritiert und sagte: „Iiii, wie ekelig!" Dann lachten sie gemeinsam und probierten es gleich noch einmal. Oft viele Male hintereinander. Es wurde zum Spiel. Immer fester drückten die Kinder zu. Besonders die Jüngsten entwickelten den Ehrgeiz, Frau Obrovsky mit aller Kraft die Hand zu quetschen.

Doch nur ein einziges Mal schaffte ein Junge den kraftvollen, Schmerzen verursachenden Händedruck. Er spielte seit Jahren Handball. Er hatte das Spielchen dann zwar gewonnen, erschrak aber dermaßen über den Schmerzensschrei seiner Lehrerin, dass er nie wieder zu fest zudrückte.

Unzählige kleine, mittlere und größere Hände hat Frau Obrovsky während ihrer jahrzehntelangen Unterrichtstätigkeit in ihrer gehalten. Auch linke waren dabei. Die wurden genauso entgegengenommen. Es gibt keine guten und schlechten, keine richtigen und falschen Hände. Notfalls reichte sie ebenfalls die linke. So passten sie besser ineinander.

All diese Bilder und Gedanken gehen der Lehrerin durch den Kopf, während sie Valentins Hand hält.

Damals kam dann die Krankheit, die so vieles veränderte. Es wurde den Menschen untersagt einander zu berühren. Auch Umarmungen wurden verboten. Aber am schlimmsten war das gegenseitige Anfassen unbekleideter Haut. Wieder lernten die Kinder schnell. Ihre Hände zuckten allenfalls kurz, bevor sie wieder rechts – oder manchmal auch links – des Körpers herabbaumelten. Im Unterricht musste Frau Obrovsky plötzlich bedeutend mehr erklären. Hatte sie früher Finger zurechtgerückt, Daumen verschoben oder Handgelenke angehoben, waren nun viele erklärende Worte nötig. Die Lehrerin gewöhnte sich nie daran.

Valentins Händedruck ist warm und angenehm fest. Er hat nichts verlernt, stellt Frau Obrovsky erfreut fest.

Noch weiß sie nicht, ob sie mit Ihrer Erziehung zum kräftigen Händedruck wieder beginnen soll. Die Menschen sind vorsichtiger geworden seit jener Krankheit. Ängstlicher und überhaupt distanzierter. Vielleicht gerät diese Art der Begrüßung eines Tages sogar ganz aus der Mode. Das würde sie sehr schade finden.

„Tschüss, Valentin. Bis nächste Woche", ruft sie ihrem Schüler hinterher.

Blut ist dicker als Alkohol

Klaus Dornath

„Prost Neujahr", lallte er, als er das Dialysezentrum betrat. Es war kurz nach sieben Uhr am Neujahrsmorgen. Er hatte so viel geladen, dass er sich am Geländer des Flurs festhalten musste. Mit Mühe schaffte er, sich ruhig auf die Waage zu stellen.

Er wankte in das Behandlungszimmer. Die anderen waren schon an ihrem Platz und angeschlossen. „Hallo Blutsbrüder!", die Begrüßung war kaum verständlich, aber fröhlich ausgerufen. Er schwang sich auf seine Behandlungsliege und war sofort eingeschlafen.

Schwester Cordula kam um die Ecke. Sie hatte die Statur und den Habitus einer Oberschwester, war eine Respekt gebietende Erscheinung. Als sie sich Wilfried Mathus, so hieß der verspätete Patient, näherte, drang ihr der Alkoholdunst in die Nase. Sie wedelte mit der Hand und atmete aus, um den Geruch zu vertreiben. In ihrem Schlepptau befand sich Doktor Klammer, der den tief schlafenden Wilfried punktieren wollte.

„Mann, hat der eine Fahne!", entfuhr es Cordula.

Seine Zimmergenossen grinsten. So ein Schauspiel wurde nicht oft geboten.

Doktor Klammer schüttelte missbilligend den Kopf. Die Schwester reichte ihm die erste Nadel. Er hatte wahrscheinlich auf Grund der vorangegangenen Silvesterfeier auch keinen guten Tag. Er traf die Arterie nicht und stocherte im Arm von Wilfried herum. So besoffen wie der ist, merkt er sowieso nichts, dachte er. Doch so tief schlief der

Unglücksrabe nicht. Er erwachte und zog spontan seinen Arm weg. Zum Glück blieb die Nadel drin, sonst hätte es eine Riesenschweinerei gegeben.

„Halten Sie den Arm still!", schnauzte der Arzt seinen Patienten an. Der legte ihn wieder auf die Lehne. Weil der Schmerz verschwand, war er sofort wieder eingeschlafen.

„Besser, du bindest seinen Arm mit Klebeband an der Lehne fest. Wenn er noch mal aufwacht, zieht er sich womöglich die Nadeln raus!"

Die Schwester tat wie angewiesen. Der Anschluss an die Maschine verlief ohne weitere Zwischenfälle.

Nach einer halben Stunde gongte der Automat. Cordula und ihre Kollegin Eva liefen schnell in das Behandlungszimmer. Wilfrieds Gesicht war blau. Das war keine Folge des Alkohols, sondern von Luftknappheit. Die Schwestern neigten die Liege mit den Füßen nach oben und dem Kopf nach unten, ein probates Mittel, um den Kreislauf anzuregen.

„Mach ihm die Hose auf!", befahl Cordula. „Der ist ja total eingeschnürt."

Eva fummelte unsicher an der Gürtelschnalle herum.

Weil die Maschine schon einigen Alkohol aus dem Blut gefiltert hatte, erwachte Wilfried. Er sah, dass Eva an seiner Hose herumfummelte.

„Oh Eva, so stürmisch heute?", japste er, merkte, dass er einen Arm nicht bewegen konnte und lallte: „Fesselspiele auch noch. Wie erfreulich. Das neue Jahr fängt ja gut an!"

„Zum nächsten Neujahrstag kommen Sie nicht wieder so volltrunken. Ihre Alkoholfahne hält kein

Mensch aus. Auch wenn es heißt, wir filtern alles raus. Es gibt Grenzen", schimpfte Schwester Eva.

„Meine Frau hat mich ausgerechnet zu Silvester verlassen. Da bin ich versackt, habe die ganze Nacht nicht geschlafen. Bin ich am Ende der Dialyse wieder nüchtern?"

Cordula war immer noch erbost: „Das weiß ich doch nicht. Wie viel haben sie denn getrunken?"

„Keine Ahnung, die Mädels in der Kneipe waren sehr nett zu mir. Da musste ich mich doch revanchieren, zumal ich wusste, dass ich heute früh schlafen kann.

Eva tat der arme Sünder leid: „Dann schlafen Sie mal weiter. Dreieinhalb Stunden haben Sie noch. Dann können wir Sie bestimmt wieder auf die Menschheit loslassen."

Cordula ergänzte: „Der schöne Alkohol, das viele Geld ganz umsonst rausgeschmissen. Es ist eine Schande. Ich hoffe, das kommt nicht wieder vor!"

Aber Wilfried war schon wieder eingeschlafen und schnarchte friedlich vor sich hin. Ob er am Ende einen saftigen Kater hatte, wissen wir nicht.

Die kleine Bank

Bärbel Lachmann

Die kleine Bank steht gleich neben der Eingangstür eines früheren Eckladens mit einem geschmiedeten Zaun. Die Hecke dahinter ist immer akkurat geschnitten. Es ist ein gemütliches Plätzchen mit Blick auf eine kleine, aber keinesfalls ruhige Straße.

Die Bank hat an den Seiten zwei gusseiserne Gestelle, deren obere Querstreben als bequeme Armlehnen gearbeitet sind. Weiter unten sind die Leisten zum Sitzen befestigt. Ein Viereck aus einem metallisch wirkenden Relief, das durch Holzleisten gehalten wird, bildet die Rückenlehne.

Der Laden ist heute ein Büro. Da stört es nicht, dass die kleine Bank vor dem ausladenden Schaufenster steht. Genutzt wird sie vorwiegend von älteren Menschen, die eine Pause einlegen, wenn sie ihre Einkäufe nach Hause tragen.

Neulich kam ein Mann mit einem Rollator. Das Laufen fiel ihm schwer. Er hielt sich mehr an dem Gefährt fest, als dass er es schieben konnte. Mit seinen kranken und schmerzenden Füßen stolperte er mühselig vorwärts. Wie froh war er, als er die Bank erreicht hatte. „Endlich" mag er gedacht haben. Hörbar stöhnend und sich mit den Händen auf Arm- und Rückenlehne stützend, schob er sich auf die Sitzfläche. Dankbar für diesen Ruhepunkt, genoss er die kleine Erholung.

Die Bank ist bei Groß und Klein beliebt. Eine junge Mutti hatte sie sich für ihr etwa dreijähriges Mädchen als Zwischenhalt gewählt. Das kam so: Von weitem schon hörte man das Kind heftig protestieren: „Ich will nicht mehr laufen! Mama, trag mich.“

Mama lehnte ab. „Ich kann nicht. Du bist so schwer.“

„Ich will aber auf den Arm!“

„Das geht nicht“, wiederholte die Mutter.

„Meine Beine können nicht mehr laufen. Ich will auf den Arm!“, jammerte das Kind.

„Ein kleines Stück noch. Wir sind bald zu Hause“, versuchte die Mutter sie zu beruhigen. Sie strich ihrem Kind sanft über das Haar und reichte ihm die Hand.

„Komm, wir laufen um die Wette.“ Es half nichts.

„Ich will nicht laufen. Ich will auf den Arm. Ich bin müde!“ Trotzig riss sich das Kind los und stampfte mit seinen kleinen Füßen kräftig auf den Boden.

Da kam der Mama die rettende Idee. „Schau mal, da drüben steht eine Bank. Dort ruhen wir uns aus.“

Sofort konnte das Kind wieder laufen. Mama kam fast nicht hinterher und fürchtete, die Kleine würde allein über den Fahrdamm rennen.

Wer jetzt denkt, das Kind hat sich still auf die Bank gesetzt, um sich auszuruhen, der irrt. Die Bank wurde ihm zum Spielplatz. Flugs stand die Kleine auf der Sitzfläche, die Hände auf der Rückenlehne, und begann zu hopsen und zu zappeln. Plötzlich erregte etwas hinter der Schaufensterscheibe ihre Aufmerksamkeit. „Mama, guck mal, da ist ein Mann! Was macht der da?“

„Hinterher!“, muss das Kind wohl gedacht haben und wollte über die Lehne der Bank klettern. Mama hielt es fest. Da war der Mann schon

76

verschwunden. Enttäuscht ließ das Kind sich auf die Bank setzen, sah sich aber sofort nach einer neuen Beschäftigung um. Es drehte und wendete sich, fand die Lücke zwischen Sitzfläche und Armlehne interessant, schob die Beine hindurch und ließ sie baumeln. Das Mädchen trommelte dazu mit den kleinen Fäusten auf die Bank und quietschte vor Vergnügen. Schließlich machte es sich steif und rutschte kopfüber auf den Boden. Mama passte auf, dass nichts passierte.

Sie hatte ihr Kind im Blick und im Griff, was es ihr möglich machte, die Kleine ohne Erdberührung aufzufangen und gebührend abzulenken. Sie machte ihr ein neues Spiel-Angebot: „Pst!", flüsterte sie, indem sie den Zeigefinger geheimnisvoll vor den Mund hielt. „Jetzt verschwinden wir so schnell wie der Mann hinter dem Schaufenster." Sie zeigte in eine Richtung. „Einfach nach da", griff ihr Kind und beide rannten fröhlich in die angegebene Richtung.

Abends, wenn längst alle Einkäufer und Spaziergänger im Haus beschäftigt sind, besetzen junge Leute die Bank. Auch sie sitzen selten still.

Vor kurzem kam eine Gruppe junger Männer. Zunächst waren sie im angeregten Gespräch vertieft.

Bald begannen sie sich im Spaß zu schubsen und zu stoßen. Das ging in gegenseitiges Boxen über und ihr Umgang wurde immer rauer.

„He, Alter, bleib doch mal ruhig", versuchte einer zu bremsen. „Du Weichei.", beschwerte sich ein anderer und gab ihm im Sitzen mit der Hüfte einen Schubs. Der erste wehrte sich mit einem Faustschlag auf dessen Oberschenkel.

Ein Bursche wurde unsanft gegen das Ende einer Armlehne gestoßen.

„Aua, rammst mir ja det Eisen in de Seite. Verdammt, tut det weh!", schimpfte er.

„Hab dir nich so!", knurrte ein anderer.

„Denkste denn, det Ding is aus Jummi? Det muss ja weh jetan haben", bestätigte ein Dritter.

Nun standen alle neugierig um die Bank herum.

„Kiek mal, janz schön stabil det kleene Ding. Is doch Eisen, bis unten durch", stellte einer fest.

„Und hier hinten inne Lehne is och son Eisen-Ding. Sieht aus als hättet Jrünspan."

„Det is Patina, du Dussel", meinte ein Besserwisser.

„Donnerwetter! Bist du schlau", konnte sich ein kleiner Dicker nicht verkneifen zu sticheln.

„Is janz schön wenich Holz um det Eisen drum rum", befand ein anderer.

„Ach, det is Eisen?", wunderte sich der Dicke.

„Wat'n sonst?"

„Zeich mal", mischte sich wieder ein anderer ein.

Er klopfte und rubbelte an dem Teil und tat wichtig. „Weeß nich! Bei die Hitze is nich mal det Eisen kalt, da komm ick nich hinterher."

„Lass ma kieken", meldete sich einer, der schon durch seine Arroganz aufgefallen war.

Ehe sich alle versahen, versetzte er der Rückenlehne einen kräftigen Fußtritt und wie mit einem lauten Aufschrei brach das Holz. Zwei Bündel Speerspitzen standen sich drohend gegenüber. Der grüne Einsatz mit den Ranken war kaputt. Einzelne Fetzen hingen in den Splittern und schaukelten müde im Abendwind.

„Na siehste, bloß Plastik", war sein hämischer Kommentar.

Die Gruppe hatte das Interesse an der Bank verloren und machte sich aus dem Staub.

Ob sie ein bisschen Schuldbewusstsein hatten?

Mein Sohn – der Punk

Anke Voigt

Schweres Eisenkettenschloss am Hals schreit:
Ich fühl' mich gefangen in diesem System.
Verschont mich mit Regeln,
die ich nicht versteh!
Lasst mich der sein, der ich bin!
Stachelbänder an den Armen
flehen: Habt Erbarmen!
Nehmt mich wie ich bin!
Springerstiefel,
schwarzgeschnürt,
wollen nicht treten,
nur sagen:
Lasst mich in Ruhe,
ich tue euch nichts.

Vielversprechend einst,
hast es mir leicht gemacht,
die Welt angelacht
mit klugem, verstehendem Blick.
Wie ein Schwamm sogst du das Wissen auf,
warst hingerissen von der Natur.
Löchertest mich mit Fragen:
Warum muss man wilde Tiere jagen?
Woran erkennt man die Marderspur?
Warum ist die Sonne ein Feuerball?
Wie war das mit dem Mauerfall?
Warum gibt es Kriege überall?
Warum wird der Bettler ausgelacht?
Warum wird die Umwelt kaputt gemacht?
Du warst sieben.
die Schule hat dir's ausgetrieben...
Unverständnis,

Langeweile,
Klassenkasper,
Klassenkeile
Umweltmüll nach Haus gebracht
Träumereien
ausgelacht
Psychologen
Therapie.
Schlecht erzogen?
Ein Genie?
Ritalin
Amphetamin
nicht's half von der Medizin.
Schulversagen
Depression....
Verzeih, mein Sohn!

Wirf weg
das Schloss
die Stacheln
die Stiefel, hart und schwer!
Ich wünsche dir so sehr, dass du dich magst.
Nicht du, die Welt ist krank!
Anders bist du, besonders,
gut.
Deinen Mut....
Ich hatte ihn nicht.

Fräulein Olga und Fräulein Mimi

Marita Wetzstein

Wie alt werde ich damals wohl gewesen sein? Ich denke, so zwischen 4 und 5.

Bei Oma und Opa waren zwei Frauen einquartiert worden, Fräulein Olga und Fräulein Mimi, beide Russinnen, Mimi aus Lettland und Olga war „Wolgadeutsche", wie man damals sagte. Sie arbeiteten kurz nach Ende des Krieges als Dolmetscherinnen in der Kommandantur, die sich in einer Villa schräg gegenüber befand.

Die Frauen hatten Papas Jugendzimmer bezogen, mussten aber Küche und Bad mit Oma und Opa teilen. Natürlich lief ich ihnen ständig über den Weg, wenn ich bei den Großeltern war, also fast jedes Wochenende.

Olga war klein und eher rundlich, lächelte fast immer und war so weich, wenn sie mich manchmal im Flur flüchtig in die Arme nahm. Außerdem begeisterten mich ihre bunten, weit schwingenden Röcke.

Mimi hingegen war groß, ging ganz gerade und hatte einen strengen Kurzhaarschnitt. Sie war schon grau, obwohl sie sehr jung aussah. „Mimi hat viel Schlimmes erlebt", sagte Opa, als die beiden außer Hörweite waren.

Ihre Stimme war tief, hingegen die von Olga erinnerte eher an das Gurren einer Taube. Ich kannte Mimi auch nur mit einer silbernen Zigarettenspitze und einer Zigarette im Mund. Das war damals äußerst ungewöhnlich, besonders bei russischen Frauen.

Auch unterschieden sie sich gänzlich in ihrer Kleidung. Mimi trug nur schmal geschnittene, enganliegende Hosenanzüge. Die Hose musste immer eine scharfe Bügelfalte haben.

Doch beide bestanden, selbst mir kleinem Mädchen gegenüber, auf der Anrede „Fräulein".

Oma empörte sich hinter vorgehaltener Hand meiner Mutter gegenüber: " Stell dir vor, Olga wäscht sich nicht im Badezimmer, sondern im Waschbecken in der Küche und setzt damit den Fußboden unter Wasser. Auch ihre Wäsche hat sie im Waschbecken gewaschen. Keine Kultur haben diese Menschen!"

Mit Vorliebe aßen Fräulein Olga und Fräulein Mimi Suppen, die dann stundenlang auf dem Ofen vor sich hin dampften, sehr zu Omas Ärger. Aber sie vergaß auch nicht zu erwähnen, dass die beiden Frauen oft in der Küche der Kommandantur etwas zu essen abzweigten und einen Teil davon meiner Oma brachten. Das empfand sie als großherzig in den Hungerjahren kurz nach dem Krieg.

Davon habe auch ich profitiert. Anfangs riefen sie mich in ihr Zimmer, später ging ich wie selbstverständlich hinein und bekam meist Kekse oder Bonbons, nur keine Schokolade, die hatten die Russen selber nicht.

Das Zimmer war lang und ziemlich schmal, jedenfalls schien es mir so, denn auf der einen Seite stand das Bett und auf der anderen ein kleines Sofa. Darauf wird Olga schlafen, vermutete ich. Sonst gab es nur noch einen Schrank und einen Tisch mit 2 Stühlen davor. Wenn man aus dem Fenster sah, war auf der anderen Straßenseite die Kommandantur zu sehen.

Die beiden Frauen saßen meist dicht nebeneinander auf dem Sofa. Ich kletterte dann auf Olgas Schoß und Mimi erzählte Geschichten von ihrem schönen Zuhause oder machte mir Zaubertricks vor. „Warum sprecht ihre denn so komisch?", fragte ich eines Tages die Frauen. Olga zog mich an sich und erzählte, dass sie von weither kommen. Ihre Heimat sei wunderschön, mit einem großen Fluss und an den Ufern stünden viele kleine Bauernhäuser. „Und Felder gibt es dort, Felder, soweit dein Auge reicht."

Manchmal sangen sie schwermütige russische Lieder. Sie hatten schöne Stimmen, Olga Sopran und Mimi Alt oder fast Bariton. Danach wurden sie ganz still und nahmen sich schluchzend in die Arme.

Ich fühlte mich wohl bei den beiden, weil meine Mutter so kurz nach dem Krieg arbeiten und für unser leibliches Wohl sorgen musste und wenig Zeit für mich hatte. Mein Vater war noch im Krieg. Und meine Großeltern duldeten es, weil sie das Verhältnis zu Olga und Mimi nicht trüben wollten.

Es geschah auch, dass die Dolmetscherinnen nachts in die Kommandantur gerufen wurden. Was es da zu übersetzen gab, blieb auch meinen Großeltern verschlossen. Ich hörte nur, wie mein Opa meiner Mutter erzählte: „Mimi und Olga sind doch tatsächlich erst im Morgengrauen nach Hause gekommen. Sie waren nicht ganz nüchtern und hatten die Taschen voller leckerer Dinge. Aber sie haben uns einen Großteil davon abgegeben. Jetzt können wir dir einen echten Bohnenkaffee kochen, einen, bei dem du nicht auf den Grund der Tasse gucken kannst. Da drückt man schon mal ein Auge zu, von wegen der Moral."

Einmal, ich war gerade bei Oma und Opa angekommen, hörte ich schon im Treppenhaus Musik. Olga und Mimi hatten von der Kommandantur ein Radio bekommen und tanzten in dem kleinen Zimmer vom Fenster zur Tür und wieder zurück. Sie hielten sich eng umschlungen und sahen so glücklich aus, dass ich nicht wagte sie anzusprechen.

Und dann kam es zum Skandal! Eines Nachts hatten russische Soldaten die Wohnungstür eingetreten und Fräulein Olga und Fräulein Mimi erst mit dem Gewehrkolben zusammengeschlagen und dann aus ihrem Zimmer über den Flur ins Treppenhaus und auf die Straße gezerrt und dort auf den bereitstehenden Lastwagen geworfen, als wären es zwei Säcke. Das Auto brauste davon.

Das alles kriegte ich mit, als es mein Opa meiner Mutter erzählte. „Die beiden waren lesbisch!", flüsterte er ihr zu.

Fräulein Mimi und Fräulein Olga wären in ein sowjetisches Umerziehungslager gekommen, erzählte der Soldat, der ihre Sachen abholte, hinter vorgehaltener Hand.

Meine Großeltern versuchten mehrfach auf der Kommandantur zu erfahren, was aus Fräulein Olga und Fräulein Mimi geworden ist. Aber es war so, als hätte es die beiden nie gegeben.

Ludwig van Beethoven

Jan B. Prinz

„Aber Ludwig! Mein lieber Ludwig! So geht das nun wirklich nicht. Du kannst doch nicht einfach…"

„Doch! Doch! Doch! Ich kann! Ich kann und ich werde", unterbricht der berühmte Musiker barsch seinen jüngeren Bruder Johann. Beethovens Stimme dröhnt, sein Haar ist wirr und das Fuchteln mit seinen Armen Furcht einflößend. „ICH habe das Sorgerecht für Carl. Habt ihr das endlich verstanden?? ICH! ICH! ICH! Und kein anderer." Der zornige Meister haut bei jedem ICH so heftig mit der Faust auf den Tisch, dass die Tassen klirrend umkippen und der Tee über die Notenblätter läuft.

„Ta – ta – ta – taaaaa!", entgegnet Johann gereizt. „Und immer schön mit dem Holzhammer – Ta – ta – ta –taaaaa!" Eine Bemerkung, die Beethoven fast zur Weißglut treibt. Eine, wie sie sich in seiner Gegenwart nur ganz wenige leisten dürfen. „Lass die `Fünfte´ aus dem Spiel – das ist Kunst, meine Kunst, meine Musik." Und der Künstler läuft aufs äußerste angespannt in großen Schritten durch das kleine Wohnzimmer, fuchtelt wie wild mit den Armen und droht zu explodieren.

Ja, durchaus – Johanns Worte haben getroffen und auch der nächste Satz sitzt, wie die letzte Note einer Symphonie: „Mein Lieber, das Leben ist aber keine ´Fünfte´. Und der Umgang mit Menschen eine Kunst, die DU wohl niemals erlernen wirst."

Der ältere Bruder hält inne, setzt sich, schaut verwirrt und… explodiert nicht. Mit zitternder Hand fährt er sich durch sein zerzaustes Haar.

Noch einmal erhebt er sich, ballt die Fäuste, will aufbrausen und lospoltern. So, wie es seine Art ist – in der Musik, wie im Leben. Er will donnern und aufrühren wie im ersten Satz der 'Fünften', will seinem Bruder die Worte um die Ohren schleudern, wie er es mit seinen Noten in der Welt der Musik so oft getan hat.

Aber es gibt da doch noch den anderen Beethoven - den der ruhigen, einfühlsamen, ja, den der zärtlichen Töne. Mit einem kleinen Fingerzeig deutet er Johann 'adagio', Ruhe an. Beide setzen sich an den unaufgeräumten Tisch und eine kleine Ewigkeit herrscht Ruhe. Beider Blicke wandern umher und begegnen sich nur flüchtig. Des Komponisten Zimmer liegt dabei wieder einmal in „malerischer Unordnung": Bücher und Musikalien in allen Ecken verstreut, dort die Reste eines kleinen Imbisses, auf dem Stehpult die flüchtigen Skizzen eines neuen Quartetts, am Piano bekritzelte Blätter und auf dem Boden liegen Geschäftsbriefe.

Ja, das Zusammenleben mit dem Meister ist keineswegs leicht. Viele haben es schon erfahren müssen, viele schon hat er brüskiert, verletzt, gekränkt. Partner, Freunde, Fremde. …Auch Johann kennt das. Nervös scharrt dieser mit den Füßen auf dem Boden. Aber sein Bruder kann es nicht hören, weil er schon seit vielen Jahren kaum noch etwas hört. Und sich deshalb oft, allzu oft unverstanden, missverstanden fühlt und verletzt ist.

Er hört auch nicht als sein Bruder sagt: „Du Ludwig, lass uns doch alles noch einmal überdenken. Ich weiß, dass dir dein Carl sehr am Herzen liegt. Aber er ist auch mein Neffe. Und seine Zukunft liegt uns doch allen am Herzen. Und bitte versteh´, dass Carls Mutter nicht so schlecht ist, wie du manchmal denkst". Sanft berührt Johann Ludwig an der Schulter; erst da „erwacht" sein Gegenüber aus seiner vorübergehenden Abwesenheit, ergreift sein Hörrohr und dann das Wort. Müde wirkt er und sagt ruhig: „Carl… Carl… ich will doch nur das Beste für ihn. Er … er ist doch… noch ein Kind. Verstehst du? Ein Kind". Leise spricht er, flüsternd fast und nachdenklich, ganz so, als würde er soeben die 'Appassionata' komponieren. Dabei runzelt er die Stirn und fährt, wieder etwas mehr 'forte' in seiner Stimme, fort. „Unser gemeinsamer Bruder hat in seinem Testament verfügt, dass ICH die Vormundschaft über unseren Neffen Carl zugesprochen bekomme. „Ich", und er wird abermals lauter, „und nicht diese unwürdige Person, die sich Mutter zu nennen wagt."

„Aber Ludwig, so sehr ich dich auch verstehe, doch dieser Prozess um das Sorgerecht zieht sich nun schon so viele Jahre hin… Und du weißt selbst, dass im Testament ein Nachtrag enthalten ist, der besagt…", doch Johann wird abermals ungestüm unterbrochen.

'Mezzoforte, tutti': „Diese Mutter ist eine Rabenmutter. Eine Schande für die ganze Familie", brüllt Beethoven. „Nie! Nie! Nie!" Und seine Worte zerreißen die Luft, peitschen Johanns Ohren und wirken wie Paukenschläge und Trommelwirbel! Wütend haut er noch einmal auf den Tisch und brüllt so laut, dass es halb Wien durch das weit geöffnete Fenster in der „Säbener Gasse" hören kann: „Nieeeeeeee!" Und dann plötzlich, unvermittelt 'piano' „Das Leben ist ganz sicher keine Symphonie, aber auch kein Klavierkonzert. Doch mit der Kunst verdiene ich unser Geld und nicht zuletzt das für meinen, unseren Neffen. Carl bleibt bei mir und ich wäre dir sehr verbunden, wenn du den kleinen Testamentsnachtrag für dich behalten würdest."

Dann herrscht wieder Stille. Knisternde Stille. Ganz so, als befände man sich zwischen dem dritten und vierten Satz der 'Fünften', wenn Konzertbesucher sich kurz räuspern, das Programmheft zur Hand nehmen und mit den Füßen scharren. Keine wirkliche Stille, keine Ruhe, aber ein kurzes Innehalten…

„Ludwig, Du hast in der letzten Zeit unheimlich viel Energie, Zeit und auch Geld in den ganzen Vormundschaftsstreit gesteckt. Und nicht ganz zu Unrecht bemerken deine Kritiker, ja selbst die Wohlgesonnenen, dass dieser ganze Trubel und diese ganze Sorge um Carl deine künstlerische Produktivität, vor allem in den Jahren 1816 und 1817 arg geschwächt haben". Dabei weist Johann auf einen ganzen Stapel in der Ecke liegender, unvollendeter Partituren. „Das ist deine Mission! Das ist deine Aufgabe! Das ist deine Musik - für die GANZE Welt!"

Ernst, grimmig dreinschauend runzelt Beethoven abermals die Stirn und starrt seinen Bruder lange durchdringend an. Wieder herrscht beklemmende, unbehagliche Wortlosigkeit. Doch dann steht er auf, geht zum Flügel, setzt sich, richtet die Partitur und…unterbricht die Stille. Unterbricht – endlich! - dieses unheimliche Schweigen; denn Johann weiß, wie bedrohlich und zerstörend dieses DANNACH, sein kann, dass manchmal so viel Explosivität enthält– im Leben wie in der Musik.

Doch die angeschlagenen Töne klingen versöhnlich, klingen nach ´Mondscheinsonate´, klingen nach Frieden. Auch Johann ergibt sich bald den sanften, anmutigen Klängen und lauscht der Musik. Lange noch intoniert der Meister - ganz Musiker, ganz Mensch, ganz Bruder… und ganz Onkel. Nur einmal unterbricht Johann seinen Bruder, steht auf, schließt das Fenster und setzt sich wieder. Ganz so, als wolle er diese Stunde mit niemandem teilen, diese Augenblicke nur für sich haben – ganz für sich. Denn er weiß, dass der große Komponist sein Spiel selbst nicht hören kann.

Dessen Hörrohr liegt irgendwo in der „malerischen Unordnung" und Ludwig van Beethoven ist restlos in seine Musik vertieft.

Mein lieber Beethoven!

Christine Buchallik

Was veranlasste Sie nur, die „Wut über den verlorenen Groschen" so vehement in das Klavier zu hämmern? Dank der nicht gerade kleinlichen Zuwendungen Ihrer Freunde und Gönner wie der Fürsten Lobkowitz, Lichnowsky, Esterhazy, des Erzherzogs Rudolf und vieler anderer haben Sie doch ein gutes, wenn auch gelegentlich etwas unsicheres Einkommen. Aber warum dann das Drama um einen Groschen? War es eine besondere Münze oder die Erinnerung an Ihre Kinderzeit, die ja finanziell nicht gerade die beste war?

Nun, es sei, wie es sei. Jetzt können Sie ja ohne materielle Sorgen Ihre wunderbaren Werke schaffen Und doch ist Ihre Haltung zum Hochadel trotz deren großzügiger Unterstützung immer etwas zwiespältig. Eine feste Anstellung bei einem der Herren – wie zum Beispiel Haydns beim Fürsten Esterhazy – steht, so wie ich es verstanden habe, Ihrem freiheitsliebenden Naturell absolut entgegen.

Gehört zu dieser Zwiespältigkeit auch Ihre Haltung zu Napoleon? Ich erinnere mich Ihrer Sympathie für dessen Unterstützung der Bourgeoisie in einer bürgerlichen Republik zur Macht zu kommen – und zugleich Ihrer Abscheu, als er sich zum Kaiser und Herrscher über halb Europa aufschwang. Da verstehe ich gut, dass Sie die Widmung „geschrieben auf Bonaparte" auf dem Notenblatt der „Eroica" so heftig ausradierten, dass das Papier Schaden nahm. Ihr Wunsch ist doch eine friedvolle, harmonische Welt.

Aber so friedlich und idyllisch wie Ihre sechste Sinfonie, die „Pastorale" erscheint Ihnen diese Welt wohl auch nicht, sonst würden Sie in Ihrer „Neunten" nicht zu Liebe und Brüderlichkeit aufrufen. In diesem Sinne verstehe ich auch den Text Ihrer Fantasie für Klavier, Chor und Orchester, kurz „Chorfantasie" genannt, „Wo Lebensharmonien, Friede und Freude walten, sich Lieb und Kraft vermählen, muss sich Herrliches entfalten", als Zukunftsvision. Warum aber so ein altmodischer Text mit „schönen Seelen" und „Göttergunst"? Wie mir bekannt ist, gefällt Ihnen dieser Text auch nicht so recht und sie stellen es frei, ihn durch einen besseren zu ersetzen – allerdings mit der Forderung, dass die Worte „und Kraft und Kraft" am Ende des Textes bleiben. Schade, dass Sie den Dichter Johannes R. Becher nicht erleben und den von ihm verfassten Text nicht hören konnten. Mit dessen Schlusssatz: „Wenn sich Geist und Kraft vereinen, winkt uns ewge Friedensgunst" – wären Sie, lieber Beethoven, sicher einverstanden.

Und ich muss Ihnen gestehen, dass die Chorfantasie" mit ihrem herrlichen Klavierpart zu meinen Lieblingsstücken aus Ihrer Feder zählt. Dazu gehört auch der Liederzyklus „An die ferne Geliebte", in dem Sie tiefe Zuneigung und Sehnsucht eines Liebenden ausdrücken – die Ihnen bisher wohl versagt blieb. Entschuldigen Sie bitte die etwas indiskrete Frage: War es vielleicht die Gräfin Erdödy, eine Ihrer Gönnerinnen, Ihre Schülerin, die Sie zu diesen Liedern inspirierte? Es wurde ja so viel darüber gemunkelt!

Ich hoffte, dass sich für Sie, den Einsamen, mit der Aufnahme in die Familie Lichnowsky das

Leben freundlicher gestaltet. Aber es war wohl nicht so. Man mischte sich zu sehr in Ihr Leben ein - weshalb Sie sich zurückzogen und Ihren inneren Frieden in Heiligenstadt suchten – wohl auch Ihres schlechten Gehörs wegen.

Da wünsche ich Ihnen nur sehr herzlich, dass der leidige Ärger mit Ihrem Neffen Carl Sie nicht noch einmal veranlasst, so wütend auf die Tasten einzuschlagen wie damals nach dem verlorenen Groschen!

Mit den besten Wünschen bleibe ich für immer eine Ihrer Verehrerinnen

Sprichwort Spielereien

Hans Scheibe

Der frühe Vogel frisst den Wurm,
wer Wind sät, erntet meistens Sturm,
dem Hasen droht oft Hundebiss,
ob Hans was lernt, ist ungewiss.

Wie man sich bettet, liegt man meist.
(Wie man sich füttert, wiegt man meist!)

Dass manch ein Mäuschen Speck gern frisst
und Rache oft nur Blutwurst ist,
all das ist jedermann bekannt,
(sogar dem Lauscher an der Wand.)

Den Spatz legt man am Boden flach,
wer Tauben liebt, muss hoch aufs Dach.
Wer dreimal lügt, hat meist nur Schiss:
Das Leben lebt vom Kompromiss!

Die Katze lässt das Mausen nicht
und wenn man erst vom Teufel spricht,
ist's meist um einen schon gescheh'n.
Wer kann auf einem Bein nur steh'n?

Wer abends schuftet, morgens spinnt
und Glück hat nur, wer's Kleeblatt find't,
ist zwar auf Schönes sehr erpicht...
Sieht nur den Wald vor Bäumen nicht.

Das letzte Hemd ist taschenlos,
im Dunkeln munkeln ist famos:
Für Männer Selbstverständlichkeit
die Veni-Vidi- Vici- Zeit:

Den Frau'n hingegen gibt's den Rest,
wenn man sie stur „links liegen" lässt.

Ein treuer Hund, ein braves Pferd
sind mehr als 10 Minister wert:
Die reden nur – und nichts geschieht,
ich ahne schon, was uns noch blüht
und leise zieht durch mein Gemüt:
POLITISCH LIED – EIN GARSTIG LIED!

Und die Moral von dem Gedicht,
ob's euch gefällt – oder auch nicht:
Wer selber nichts zu sagen weiß,
macht auf ZITATE: Welch ein Scheiß
und wundert sich, dass ihm nichts glückt:
WER SICH MIT FREMDEN FEDERN
SCHMÜCKT;
DER IST NUR EINS; DER IST VERRRÜCKT!!!

Der Bote

Wolfram Dieter Martin

Es war ein fliegender Bote, der neuerdings die Pakete austrug. Noch ehe ich nach dem Klingelton die Haustür erreichte, war er schon über mein Grundstück gestürmt, hatte die Sendung irgendwo abgelegt wie bei einem Spiel um das beste Versteck. So ging das jahraus jahrein. Was kümmert mich der vereinbarte Ablageort, wird sich der Bote gedacht haben, ich erlebe kaum etwas Aufregendes. Die Monotonie von Straße zu Straße nimmt immer mehr zu. Eine willkommene Abwechslung also, den Empfänger gehörig auf Trab zu halten. Und schließlich der Zettel mit der unverschämten Botschaft im Kasten: Wer suchet, der findet. Mein Unmut, das weiß dieser Mensch, würde verpuffen, noch ehe ich im Wirrwarr der Dienstwege bis zur obersten Beschwerdestelle gelangt bin. Selbst als ich ihn einmal am Hosenbund zu fassen bekam, riss er sich los, flatterte mehrmals unruhig ums Haus und erledigte seine Arbeit.

Es kam ein Spaziergänger vorbei, sah dem Schauspiel ein Weilchen zu und fragte dann, weshalb ich das Tun dieses Möchtegerns dulde?

„Ich bin ja machtlos", sagte ich. „Er kommt unverhofft, rennt wie ein Verrückter aufs Grundstück. Und wenn ich ihn mal erwische, hat er schon alles versteckt."

„Dass Sie sich so etwas bieten lassen", sagte der Herr betont laut. „Halten Sie doch das Gartentor geschlossen. Soll er gefälligst klingeln und warten. Manieren sind das. Auch möchte ich Ihnen dringend ans Herz legen, bauen Sie einen höheren Zaun, das schreckt ab." Der Bote hielt die Ohren gespitzt. In seinem Gesicht war zu lesen, dass er alles aufgeschnappt hatte. Schließlich flüchtete er in seinen weißen Transporter und rauschte davon. Meine Pforte blieb von Stund an sorgsam verschlossen, zudem errichtete ich einen Zaun, der selbst für geübte Kletterer nur schwer zu überwinden sein dürfte. Das gefiel dem Boten offenbar gar nicht. Sogar nachts im Schlaf war mir, als hörte ich ihn hartnäckig an der Pforte rütteln.

Wie hätte ich jemals ahnen sollen, dass man schon bald auf höchster Ebene eine neue, an Dreistigkeit kaum zu überbietende Zustellungsverordnung in Kraft setzen würde. Der Mangel an Paketzustellern war riesig, was dazu führte, dass ein Bote in seinem Bezirk künftig die Arbeit von drei, wenn nicht gar vier Boten zu bewältigen hatte.

Sechs Wochen nach meiner nächsten Onlinebestellung - ich war gerade dabei mein Mittagsschläfchen zu halten -, klingelte es. „Der dreiste Bote", kam es mir murmelnd über die Lippen. Halb noch im Dusel wankte ich langsam die Treppe hinunter, öffnete die Haustür und wandte meinen Blick zum Gartentor. Zu meiner Überraschung stand dort der Spaziergänger von neulich, der mich heranwinkte. „Ich habe alles genau beobachtet!", rief er in höchster Erregung. „Das war vielleicht ein Gaudi. Unglaublich." Ich sah ihn entgeistert an. „Was denn für ein Gaudi?"

Der Herr konnte kaum an sich halten. „Also, passen Sie auf", versetzte er ungestüm. „Ich bog dort vorn um die Ecke und erblickte den weißen Transporter. Das Fahrzeug stand unmittelbar neben Ihrem Grundstück. Und jetzt halten Sie sich fest. Auf dem Wagendach hatte sich dieser Clown von einem Boten in Stellung gebracht. Er nahm

Maß, holte Schwung und warf das Paket in hohem Bogen über den Zaun. Ich konnte erkennen, wie es im Holunderbusch landete. Ich eilte hin, um den Kerl zur Rede zu stellen, aber diese Kanaille hatte kein Ohr für mich, sondern besaß noch die Kühnheit, mir kommentarlos diesen Zettel hier in die Hand zu drücken. Er muss mich in seinem Wahn wohl für den Empfänger der Sendung gehalten haben."

„Zeigen Sie schon her!", rief ich in heller Empörung. Der Herr reichte mir bereitwillig das Stückchen Papier. Die Schrift war schlecht leserlich, nur so dahin gekritzelt. Mit Mühe und Not entzifferte ich die Worte:

> Wurfsendung zugestellt <.

Gertruds Lichterbaum

Anke Voigt

„Das wird mein erstes Weihnachten ohne echte Christbaumkerzen", sagt Gertrud. Deshalb kann sie sich in diesem Jahr gar nicht so richtig auf das Fest freuen, denn dann wird die Familie kommen und sie kontrollieren. Ach nein, „kontrollieren" klingt zu hart. Sie meinen es ja nur gut mit ihr. Dabei ist er immer so schön gewesen all die Jahre zuvor, dieser zweite Weihnachtstag mit Kindern, Schwiegerkindern, Enkeln und in den letzten Jahren sogar mit einer steigenden Anzahl von Urenkeln.

„Wieso das denn?", fragt Helga nach.

„Meine Tochter, die Große, weißt du, die hat Angst, dass ich unterm Baum einnicke, mir die Wohnung abbrennt und ich gleich mit. Und Recht hat sie. Es passiert mir ja wirklich immer häufiger, dass ich mitten am Tag einschlafe", sagt Gertrud traurig. „Der Kleinen ist es ziemlich egal. Die lässt mich machen. Hat ja auch genug mit ihrem eigenen Leben zu tun. Außerdem wohnt sie zu weit weg, um mir reinzureden. Aber die Große... 86 Jahre hatte ich echte Kerzen am Weihnachtsbaum." Sie stößt einen tiefen Seufzer aus. „Sogar in dem Jahr, als es nirgends welche zu kaufen gab, als unter der Hand Altarkerzen vertrieben und anschließend eingeschmolzen und zu kleinen Kerzen verarbeitet wurden, denn nur in Kirchen fand man noch diese raren Artikel. Kannst du dich erinnern, Helga? Ich hatte jedenfalls meinen Vorrat." Sie lacht. „Wann war das doch gleich? Ende der Siebziger muss es gewesen sein. – Und nun soll ich dem armen Baum solch eine hässliche elektrische Lichterkette um die Äste schlingen."

„Ach Trudchen, das tut mir ja so leid. – Komm, ich gieß uns noch ein Käffchen ein. Oder kannst du dann heute Nacht nicht schlafen?"

„Doch, doch, einer geht noch", sagt Gertrud. Sie mag der Freundin nicht verraten, dass sie nur noch den Koffeinfreien im Haus hat. Irgendwie ist ihr das peinlich. Aber fürs Herz ist der einfach besser.

„Es hat geklingelt", sagt Helga. „Hast du das gehört?"

„Natürlich habe ich es gehört", schwindelt Gertrud und schlurft zur Wohnungstür. „Das wird der Robert sein."

„Guck mal, Ömchen, ich habe dir eine Lichterkette besorgt. Sieht fast aus wie echte Wachskerzen. Form und Größe stimmen perfekt. Es gab sie in Rot und in Weiß. Ich habe die weiße genommen. Ist doch richtig, oder? Du hattest doch immer weiße Kerzen?" Robert legt einen grünbunten Karton auf den Küchentisch. „Schönes warmes Licht. Ich habe jede Menge dieser Dinger ausprobiert. Nur das Beste für mein Ömchen." Er drückt ihr einen Schmatz aufs schüttere Weißhaar, dann nimmt er sie in den Arm. Wie gut das tut, denkt sie.

„Ach, du bist auch hier", begrüßt er dann die Freundin und erzählt, dass er gerade vom Weihnachtsmarkt kommt, wo es dieses Jahr kein einziges Weihnachtslied zu hören gibt. „Die sollen die GEMA-Gebühren so enorm erhöht haben, dass die Betreiber sich weigern, die teure Musik abzuspielen. Das finde ich total traurig. Weihnachtsmarkt ohne Weihnachtslieder geht doch gar nicht."

„Genauso wie Christbaum ohne echte Kerzen gar nicht geht", rutscht es bekümmert aus Gertrud heraus.

„Es tut mir leid, Ömchen", sagt Robert. „Ich weiß ja, dass du traurig bist, aber es ist zu deiner Sicherheit. Du weißt, auch ich habe die echten Kerzen viel lieber."

Er versteht mich, aber helfen kann er mir auch nicht, denkt Gertrud. Eine ganze Weile bleibt es still im Raum. Dann fragt sie leise: „Weißt du noch, wie ich dir früher immer zu jeder verlöschenden Kerze eine Geschichte erzählt habe? Erinnerst du dich daran?"

„Klar weiß ich das noch. Und es waren so viele Kerzen am Baum. Viele Kerzen für viele schöne Ömchen-Geschichten. Wie könnte ich das jemals vergessen?"

Ich habe diese Geschichten schon deiner Mutter und deiner Tante erzählt und gehofft, dass sie das Ritual mit ihren Kindern weiterführen, denkt Gertrud, spricht es aber nicht aus. Sie möchte nicht verbittert klingen, denn eigentlich war sie froh darüber, dass ihr diese Aufgabe überlassen worden war. Sie hatte es immer genossen, wenn sich der kleine Robert ganz eng an sie kuschelte und mucksmäuschenstill zuhörte. – Trotzdem: Warum ist es ihr eigentlich nicht gelungen, dass ihre Kinder die weihnachtlichen Traditionen in die nächste Generation tragen? Das gemeinsame Singen, die Geschichten, die echten Kerzen … Ihre Kinder haben seit Jahren diese hässlichen Lichterketten am Baum. Und ein paar der Enkel stellen ihren Weihnachtsbaum sogar schon am ersten Advent auf. Dazu läuft dann „Jingle Bells" und „White

Christmas" vom Computer. Nichts mehr mit selber singen. Sind wir denn in Amerika?

„Wir sehen uns am zweiten Weihnachtstag", sagt Robert, wünscht ein frohes Fest und verabschiedet sich.

Am Heiligabend ist Getrud allein. Das ist in Ordnung für sie. Es war all die Jahre so, seit ihr Mann von ihr gegangen ist. Damit es nicht zu still ist, schaltet sie den Fernseher ein. Zu Weihnachten kommen immer die schönen rührseligen Filme. Später wird sie ein paar Weihnachtslieder hören. Sie hat noch einen richtigen Plattenspieler und jede Menge alter Schallplatten. Widerwillig knipst sie die scheußliche Lichterkette an, die sie eigenhändig am Baum angebracht hat.

Um neun steht Robert plötzlich vor der Tür. Diesmal hat Gertrud sein Klingeln gehört, denn die geschwätzige Helga ist ja nicht zu Besuch.

„Frohe Weihnachten, Ömchen. Ich habe dir eine Weihnachtsüberraschung mitgebracht. Die anderen müssen davon aber nichts erfahren."

„Ach, mein lieber Junge", freut sich Gertrud, mehr noch über den Besuch ihres Enkels als auf die angekündigte Überraschung", „aber musst du denn nicht am Heiligabend bei deiner Familie sein?"

„Wir sind mit der Bescherung durch. Die Kinder spielen zufrieden mit ihren Geschenken, Bea telefoniert mit ihrer Mutter, ich werde nicht gebraucht", erklärt er, verschwindet in der Küche, kommt zurück mit einer Schüssel voll Wasser und stellt sie unter den Weihnachtsbaum. Dann zieht er den Stecker der Lichterkette, steckt Kerzen auf die Zweige und zündet sie an. „Zwölf Stück. Für jeden Monat des Jahres eine", sagt er und setzt sich neben die verblüffte Gertrud aufs Sofa.

Gemeinsam schauen sie auf das flackernde Licht, das sich in zwei Augenpaaren widerspiegelt.

„Die dort oben wird die erste sein, die verlischt. Du kannst beginnen", sagt Robert nach einer Weile. Am liebsten würde er sich wie früher an Ömchens Schulter lehnen, aber er befürchtet, dass sie seinem Gewicht nicht standhalten und zur Seite kippen würde.

Gertrud muss ein bisschen überlegen, bis sie einen Anfang findet. Die Fantasie ist eingerostet in all den Jahren. Doch kaum hat sie begonnen, purzeln immer mehr Worte aus ihr heraus. Eine Kindergeschichte nach der anderen fällt ihr ein. Es spielt keine Rolle, dass der kleine Robert inzwischen die Dreißig längst überschritten hat.

„Ich mache weiter", schlägt der vor, als ihre Stimme beginnt, müde zu klingen. Und nicht nur Ömchens Stimme wird müde. Ganz langsam rutscht Gertrud zur Seite, bis sie von Roberts breiter Schulter aufgefangen wird. Bald vermischen sich die Worte des Enkels mit leisen, rasselnden Atemgeräuschen. Er erzählt einfach immer weiter.

Dann sind alle Kerzen erloschen. Nur kleine weiße Säulen steigen noch vereinzelt von den Haltern auf und verbreiten diesen wunderbaren weihnachtlichen Duft im Raum. Schon allein dafür lieben Ömchen und Robert die echten Kerzen.

„Jetzt sind alle aus", sagt Robert. „Und ich muss leider wieder los." Als Gertrud nicht antwortet, steht er vorsichtig auf, knipst die Kerzenhalter vom Baum, lässt sie erst ein wenig abkühlen und dann in seine Jackentasche gleiten. Zuletzt steckt

er den Stecker der Lichterkette zurück in die Steck-
dose. „Bis übermorgen", flüstert er und verlässt
leise die Wohnung.

„Das war eine wunderbare Überraschung.
Danke, mein Junge", brummelt Gertrud mit ge-
schlossenen Augen. Ihr ist so wohlig zumute, dass
sie gar nicht aufstehen mag und gleich noch ein
bisschen weiterschlafen möchte.

Als sie gegen Mitternacht aufwacht, ist sie sich
nicht sicher, ob sie all das nur geträumt hat. Aber
wunderschön war's, denkt sie zufrieden.

Leben lernen

Hans Scheibe

Hier und heute leben,
sofort und ohne Halt,
danach sollst du streben,
denn die Tage geh'n so bald.

Du musst es oft erst lernen,
doch diese Mühe lohnt.
Du greifst nicht nach den Sternen
und lebst nicht auf dem Mond.